光文社文庫

文庫書下ろし／長編時代小説

暗殺

鬼役 三

坂岡　真

光　文　社

この作品は光文社文庫のために書下ろされました。

目次

※巻末に鬼役メモあります

幕府の職制組織における鬼役の位置

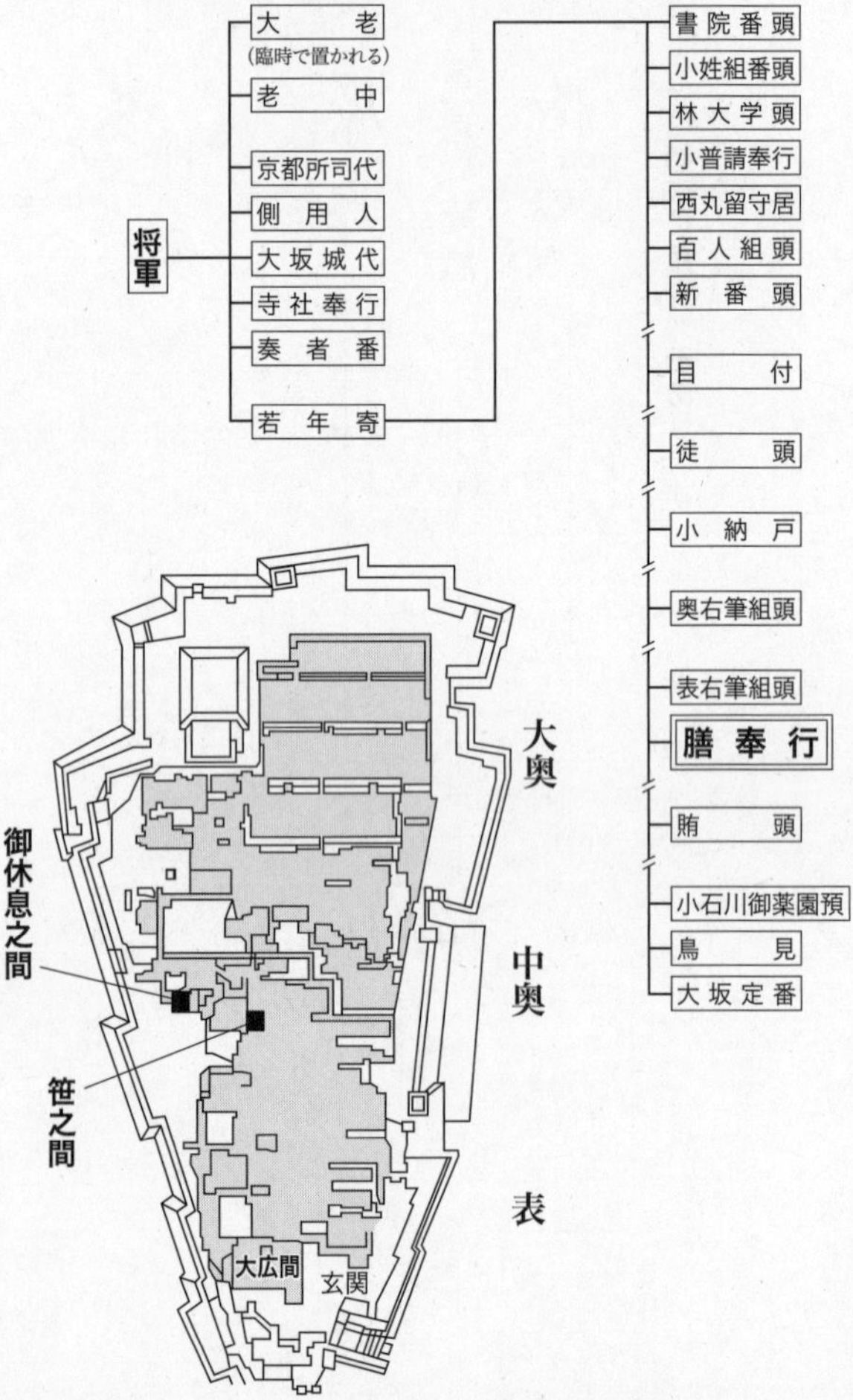

鬼役はここにいる！

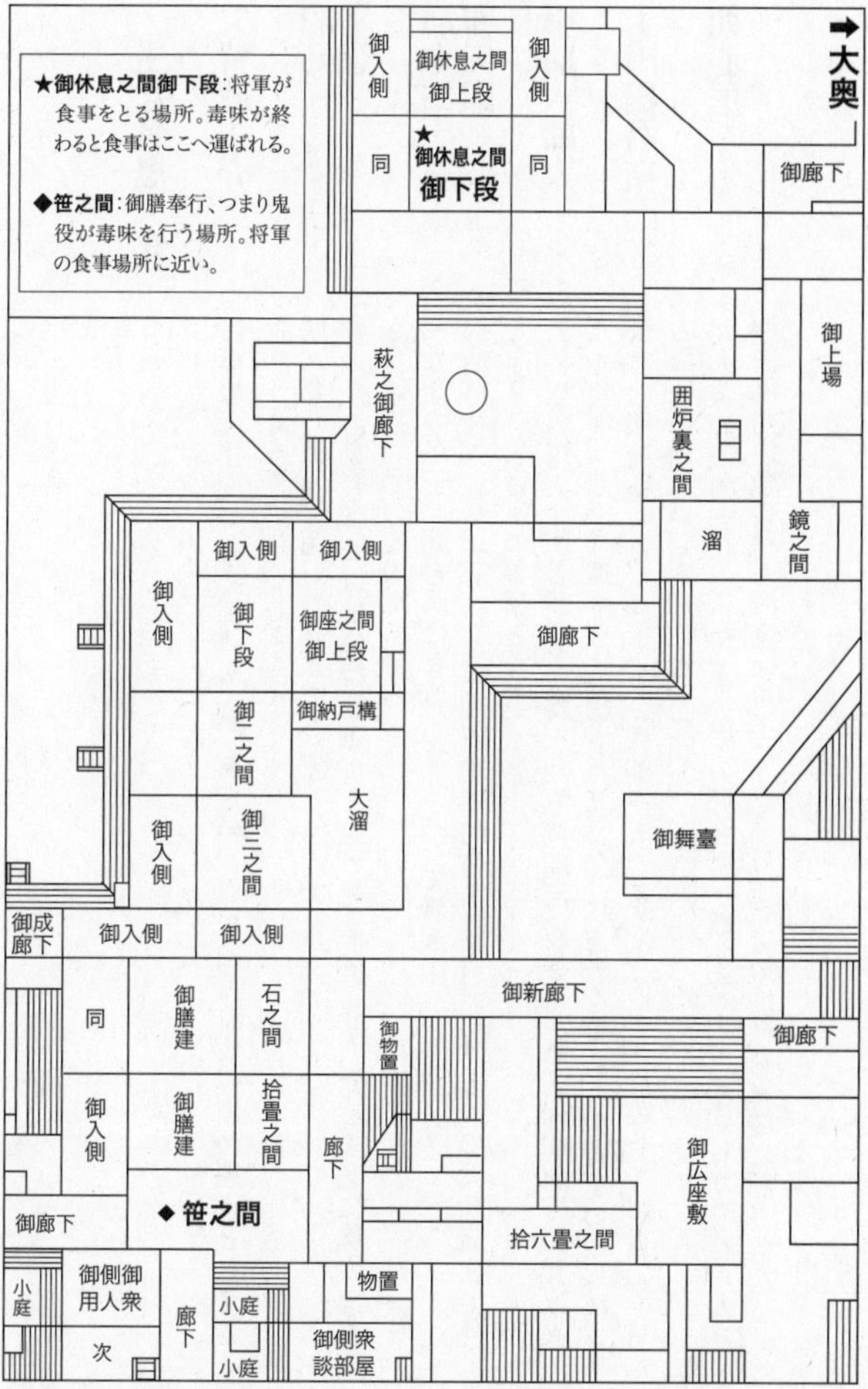
★御休息之間御下段：将軍が食事をとる場所。毒味が終わると食事はここへ運ばれる。
◆笹之間：御膳奉行、つまり鬼役が毒味を行う場所。将軍の食事場所に近い。
→大奥
御入側
御休息之間
御上段
御入側
同
★御休息之間
御下段
同
御廊下
萩之御廊下
囲炉裏之間
御上場
溜
鏡之間
御入側
御入側
御入側
御下段
御座之間
御上段
御納戸構
御二之間
大溜
御入側
御三之間
御廊下
御舞臺
御成廊下
御入側
御入側
同
御膳建
石之間
御新廊下
御物置
御廊下
御入側
御膳建
拾畳之間
廊下
御広座敷
御廊下
◆笹之間
拾六畳之間
小庭
御側御用人衆
次
廊下
小庭
小庭
物置
御側衆談部屋

主な登場人物

矢背蔵人介……将軍の毒味役である御膳奉行。御役の一方で田宮流抜刀術の達人として幕臣の不正を断つ暗殺役を務めてきた。

志乃……蔵人介の養母。薙刀の達人でもある。洛北・八瀬の出身。

幸恵……蔵人介の妻。御徒目付の綾辻家から嫁いできた。蔵人介との間に鐵太郎をもうける。弓の達人でもある。

鐵太郎……蔵人介の息子。蘭方医になるべく、大坂で修業中。

卯三郎……御納戸払方を務めていた卯木卯左衛門の三男坊。わけあって天涯孤独の身となり、矢背家の養子となる。

串部六郎太……矢背家の用人。悪党どもの臑を刈る柳剛流の達人。長久保加賀守の元家来だったが、悪逆な遣り口に嫌気し、蔵人介に忠誠を誓い、矢背家の用人に。

土田伝右衛門……公方の尿筒持ち役を務める公人朝夕人。その一方、裏の役目では公方を守る最後の砦。武芸百般に通じている。

如心尼……元大奥の上臈御年寄。将軍家慶の御台所・喬子女王の薨去に伴い落飾して桜田御用屋敷に移る。密命を下してきた橘右近の後顧を家慶に託された。

鬼役 三十

暗殺

景《かげ》清《きよ》

一

独活《うど》の炊き合わせに蕗《ふき》の薹《とう》の天麩羅《てんぷら》、えぐみや苦味を堪能《たんのう》できる旬菜《しゅんさい》とともに毒味の膳で煮蛤《にはま》を食したのは、半月余り前のはなしだ。

桜も満開を迎えたころ、江戸市中には湿気をたっぷりとふくんだ雪が降った。

「播州《ばんしゅう》では小鳥殺しと呼ぶらしいですぞ」

かたわらで犬ころのようにはしゃいだのは、矢背《やせ》家に仕《つか》えてかれこれ十四年になる用人《ようにん》の串部六郎太《くしべろくろうた》である。弥生《やよい》なかばの牡丹雪《ぼたゆき》を「桜隠し」と呼ぶのは知っていたが、小鳥まで殺してしまうような言いまわしは知らなかった。

大粒の淡雪《あわゆき》はすぐに溶け、数日で桜は消えてなくなり、古い葉も潔く散っていった。それからしばらくして、木々の青葉が目に染みるようになると、花街《かがい》辺りで「袖傘雨《そでがさあめ》」などとも称される小糠雨《こぬかあめ》が白い卯《う》の花弁《はなびら》を濡らし、百姓たちは田打《たう》ちや種蒔《ま》きを忙《せわ》しなく済ませていった。

卯月朔日《うづきついたち》は更衣《ころもがえ》。羽織の袂《たもと》や裾から一斉に綿が抜かれ、千代田城《ちよだじよう》に出仕する役人たちは足袋《たび》を脱いで裸足《はだし》になる。諺《ことわざ》にも「八十八夜の別れ霜」とあるとおり、早朝の道端に霜が降りることもなくなった。

矢背蔵人介《やせくらんどのすけ》は不如帰《ほととぎす》の鳴き声に耳をかたむけつつ、不忍池《しのばずのいけ》の畔《ほとり》を散策している。

嬉しいのか、悲しいのか、あるいは、腹立たしいのか、穏やかな陽光を浴びた端《たん》整《せい》な横顔に感情の機微《きび》があらわれることは滅多にない。

城内中奥《なかおく》における毒味御用の際は、匂いや舌触りだけで毒の有無を探りあてる。

――鬼役は毒を啖《くろ》うてこそのお役目。河豚《ふぐ》毒に毒草に毒茸《きのこ》、なんでもござれ。死なば本望《ほんもう》と心得よ。

先代の教えにしたがい、毒とわかっても拒んだことはない。何があっても動じぬ姿勢でいることこそ、鬼役と称される御膳《ごぜん》奉行の役目だとおもっている。一見すると酷薄な印象を与える無表情な顔の裏には、揺るぎない信念が秘められていた。

雲ひとつない蒼天《そうてん》のもと、人々が大勢集まるその一角には、紅色の牡丹《ぼたん》が叢《むら》となって艶《あで》やかに咲いている。

「見事なものじゃ」

養母の志乃《しの》は花の美しさに息を呑み、妻の幸恵《ゆきえ》も眸子《まなこ》を皿にしながら驚いてみせた。

「ぬはは、牡丹じゃ牡丹」

蟹に似た体軀《たいく》の串部も豪快に笑ったが、養子の卯三郎《うさぶろう》だけは弁天島《べんてんじま》のそばに浮かぶ小舟をそれとなくみつめている。

小舟に乗るのは武家の若い男女で、目を細めてみれば、髪をお煙草盆《たばこぼん》に結った女童《わらべ》のすがたもあった。子連れの夫婦が蓮見《はすみ》舟で遊覧するのはさして珍しい光景《め》でもないが、蓮の花を愛《め》でるにはさすがに早すぎる時節ゆえか、ほかに舟影はみあたらない。

「おや、あれは御徒士《おかち》の牧田甚兵衛《まきたじんべえ》さまと佐保《さほ》どのでは」

幸恵がそばに身を寄せてくる。むかしは女だてらに「海内一《かいだいいち》の弓取り」と評されただけあって、常人よりも遥かに遠目が利《き》くのだろう。

「なるほど、あれは牧田甚兵衛と御妻女か」

御徒士は旗本の矢背家からみれば身分ちがいの譜代御家人、城のそばで見掛ければ会釈を交わす程度の仲であった。されど、牧田は公方家慶《くぼういえよし》の身を守る「影武者」のひとりにほかならず、小野《おの》派一刀《いっとう》流を修めた剣客でもあるので、蔵人介としては一目置いていた。

幸恵が牧田夫婦を知っているのは、徒目付《かちめつけ》をつとめる実弟の綾辻市之進《あやつじいちのしん》と牧田が何かの役目でいっしょになった縁かもしれぬ。

「市之進から聞きました。何でも、佐保どのは御乳持《おちもち》に選ばれたとか」

「ほう、御乳持に」

幸恵の言う「御乳持」とは乳母《うば》のことだ。家慶の側室お筆《ふで》の方《かた》が臨月を迎え、目付《めつけ》や大奥《おおおく》の女官《にょかん》たちが乳母を捜しているとの噂は小耳に挟んでいた。

もちろん、乳母に選ばれれば名誉なことだし、十両の支度金を頂戴できるうえに、合力金《ごうりききん》として年に四十両と五人扶持《ぶち》が付与される。家計の苦しい御徒士にとっては、ありがたいはなしにちがいない。

いつのまにか、小舟はみえなくなった。

舳先《みよし》を桟橋に寄せ、親子は弁天島へ降りたのだろう。

「それがしも金運にあやかろうかな」

串部は戯《おど》けて言い、弁天島に手を合わせる。

「ひゃっ」

手を合わせた途端、素《す》っ頓狂《とんきょう》な悲鳴をあげた。

足許《あしもと》の草叢《くさむら》に、ごそごそと長いものが通りすぎたのだ。

「青大将でござります」

「おほほ、あれは紛《まぎ》れもなく、弁財天の使わしめじゃ。かならずや、われらにもご利益《りやく》がありましょう」

志乃もその気になり、両手をしっかりと合わせる。

蔵人介も仕方なく、弁天島に向かって頭《こうべ》を垂れた。

祈りを捧げる声無き声が届いたのか、蛇体のごとき土手道をたどって牧田たち親子が戻ってくる。

さきほどは気づかなかったが、妻女は赤ん坊を抱いていた。

親子四人で牡丹を愛《め》でようとしてか、こちらへ近づいてくる。

牧田は蔵人介を目敏《めざと》くみつけ、緊張の面持《おももち》ちで会釈をした。

妻女もお辞儀をし、年端《としは》のいかぬ娘は不思議そうに両親をみつめる。

すかさず、志乃が駆け寄っていった。

娘の手前で屈《かが》み、袂から飴玉を取りだす。

「ありがとう」

娘の頬に赤みが射し、両親はしきりに恐縮した。

「御妻女が御乳持になられるとか」

志乃に不躾《ぶしつけ》な問いを投げかけられても、牧田は折り目正しく応じてみせる。

「恩のあるお方におはなしをいただき、このほど二ノ丸へあがらせていただくことになりました。つれあいの佐保は、幸運にも乳がよく出るのでござります。これもすべては弁天様のお導き、正月の己《つちのと》巳《み》の日に詣《もう》でたご利益に相違ないと、お礼参りに訪れた次第にござります」

「それはそれは、瑞星《ずいせい》満月のごとき弁天様も、さぞや喜んでおられましょう。そなたの御妻女、そう言えば何とのう、色白の御本尊に似ておられる。せいぜい、御妻女をたいせつになされるがよい」

「ありがたきおことば、しかと胸に刻ませていただきまする」

うんうんと頷《うなず》きながらも、志乃は襟を正す。

「申し遅れました。わたくしは矢背志乃と申します」

「存じております。ご当主の矢背蔵人介さまは将軍家御毒味役にして、幕臣随一の遣い手。城役人で知らぬ者とておりませぬ。御母堂さまも、聞くところによれば、かつては奥詰めで薙刀《なぎなた》を指南なされた剛のお方とか。やわな若手が束になってかかっても、とうていかなうお方ではない。さように心得てござります」

「おやまあ。蔵人介どの、お聞きになったかえ」

嬉しそうに水を向けられたので、蔵人介は滑るように身を寄せた。

牧田は顎《あご》を引いて身構え、うっと息を詰める。

「どうなされた」

志乃に問われ、牧田は詰めた息をふっと漏らした。

「矢背さまに斬られるかと。さすが、鞘《さや》の内で相手を斬る、田宮《たみや》流抜刀術の達人。鬼の気迫に呑まれましてござります」

蔵人介は月代《さかやき》を指で掻《か》いた。

「すまぬ、驚かす気はなかったのだ。剣術を究《きわ》めた相手に向かうと、つい力量を験《ため》したくなる」

「剣客とは、そうしたものにござりましょう」

「わかってくれるか」

蔵人介が笑いかけると、牧田も肩の力を抜いた。

「ところで、それがしの力量はいかに」

「ふむ、さすがと申しておこう」

手合わせなどせずとも、実力のほどはわかる。

「お褒めに与《あずか》り、光栄にございます。何やら今日は良いこと尽くめで、明日からが恐ろしゅうございます」

「なあに、案じることはない。ところで、御乳持の口利きをしてくれたお方とはどなたのことであろうか」

牧田が黙ったので、軽々に尋ねたことを悔いた。

すまぬと言いかけるや、牧田が「恩のあるお方」の名を漏らす。

「御《お》旗《はた》奉行の雲《くも》井《い》調所太夫《ずしょだゆう》さまにございます」

「ほう、雲井さまか」

風貌しか知らない。短軀《たんく》で猪首《いくび》の見掛けから「寸翁《すんおう》」と綽名《あだな》される老臣である。

御旗奉行は役料二千石《ごく》の名誉職、閑職のわりには役料が多いので、年老いた大身《たいしん》旗本が出世双六《すごろく》のあがりに就《つ》きたがる。

「雲井さまは古希《こき》を迎えられました。上様よりめでたく、極老金《ごくろうきん》を賜《たまわ》るものと伺っております」

「極老金か、なるほど」

隠居せずに古希まで勤めあげた役人の祝儀は金二枚と定められているものの、右筆《ゆうひつ》によって「極老」と武鑑《ぶかん》などにも記される立場には金二枚以上の価値がある。徳川宗家《とくがわそうけ》の忠臣としての栄誉を与えられ、末代まで伝えられることになるからだ。大身旗本ならば誰もが望むものこそ、極老金二枚の栄誉にほかならない。

「されば、これにて」

牧田は深々と頭をさげ、妻子ともども遠ざかっていく。

「邪魔してしもうたかな」

志乃はぺろりと舌を出し、蔵人介はみてみぬふりをした。

見上げた空はあっけらかんと晴れ、不如帰らしき鳥の影が豆粒となって飛翔する。

何ひとつ根拠らしきものがあるわけではないものの、一陣の不穏な風が胸中を吹きぬけていった。

二

卯月八日は灌仏会《かんぶつえ》、寺では牡丹や芍薬《しやくやく》や藤《ふじ》や百合《ゆり》などで花御堂《はなみどう》を築く。花御堂には釈迦《しやか》の尊像を安置し、参詣人は尊像に甘茶《あまちや》を注いだ。さらに、注いだ甘茶を持ちかえって墨を磨《す》り、達筆な者が「五大力菩薩」や「八大龍王茶」などと書いて、簞笥《たんす》の虫除けや雷除けの札にする。

中奥《なかおく》御膳所の柱や壁にも、虫除けの札が逆さに貼ってあった。一方、大奥《おおおく》へ通じる御広敷《おひろしき》御門脇の七つ口には、大名家や商家などから色鮮やかな生花が部屋に溢《あふ》れるほど届けられているという。

「お祝いの花にござる」

二ノ丸で起居《ききよ》するお筆の方が、無事に男の子を産んだ。

「御十男、亀五郎《かめごろう》さまであられます」

毒味をおこなう笹之間《ささのま》で胸を張るのは、相番《あいばん》の逸見鍋五郎《はやみなべごろう》である。

わがことのように喜び、仕舞いには感極まってしまう。

「鍋五郎と亀五郎、何と五郎繫《つな》がりにござるぞ」

それがどうしたと目で威嚇《いかく》しても、逸見は黙ろうとしない。

「陣痛は一昼夜にわたったとか。いやあ、秘かに案じておりましたが、杞憂《きゆう》に終わって何より」

日没の一歩手前だが、すでに夕餉《ゆうげ》の毒味は済ませている。

一ノ膳に供された魚は四谷《よつや》の問屋で仕入れた鮎《あゆ》、腸《わた》だけ抜いて丸ごと塩焼きにしたものだった。二ノ膳には蒸し穴子《あなご》なども供され、鱚《きす》の付け焼きと塩焼きもあり、骨取りの難しそうな鯛《たい》の尾頭《おかしら》付きも見受けられた。何と言ってもこの時季に欠かせぬのは、銚子《ちょうし》沖でとれたばかりの鰹《かつお》であろう。

初鰹は貧乏人が見栄を張って買うもので、長屋の連中なども「女房を質に入れても買う」と豪語する。ただし、一尾丸ごと景気よく買うことができるのは、三座《さんざ》で人気の千両役者くらいのものだ。

もちろん、公方の口にはいる鰹は、正真正銘の極上品にまちがいない。

蔵人介にも鰹の美味《うま》さはわかるが、味わって食べる気など毛頭なかった。鬼役は毒の有無だけを慎重に見分ける。御膳に旬の魚や絶品の料理がどれだけ並んでも、味わって咀嚼《そしゃく》することは許されない。

「美味いものを美味いと感じられず、毒を啖《くろ》うても顔色ひとつ変えてはならぬという。かほどに辛いお役目は、ほかにござりますまい」

逸見は愚痴ばかり並べ、蔵人介と相番の際は箸を持たなくなった。

それでもよい。いや、そのほうが好都合だ。毒を啖《くら》って血を吐かれたり、尾頭付きの小骨を取り損ねて腹を切らされることをおもえば、何もせずに座ってくれているほうがありがたい。

箸を手にした蔵人介のすがたは、諸侯《しょこう》や諸役人のみならず茶屋通いの通人たちをも嘆息《たんそく》させるほどに美しく、無駄のない所作《しょさ》は当代一流と評される能役者の舞いでも観ているようであった。が、鬼役に課された役目とは、常に死と隣り合わせの心持ちで薄氷を踏むがごときものだ。

死と隣り合わせと言えば、蔵人介には鬼役とは別の顔がある。

——幕臣どもの悪事不正を一刀のもとに断つ。

とある人物から密命を下され、悪辣非道《あくらつひどう》の輩《やから》に引導を渡す。すなわち、暗殺御用という厄介至極《やっかいしごく》な裏の役目を負っていた。

志乃も幸恵も知らぬ。おなごたちには秘しておくようにと、今は亡き養父の信頼《のぶより》から厳命されたのだ。

蔵人介は御家人身分から十一歳で矢背家の養子となり、十七歳で跡目《あとめ》相続を容認されたのち、二十四歳のときに晴れて出仕を赦《ゆる》された。十七から二十四にいたる七年間は過酷な修行の日々、養父から手厳しく仕込まれたのは、毒味作法のいろはだけではなかった。生身の人を斬るための技倆《ぎりょう》と心構えを修練させられたのである。

控え部屋の刀掛けにかけられた愛刀は粟田口国吉《あわたぐちくによし》、出羽国《でわのくに》山形《やまがた》藩六万石を治める秋元家《あきもと》の殿様から下賜《かし》された名刀であった。

秋元家は洛北《らくほく》の八瀬《やせ》に根を持つ矢背家と縁が深い。第十二代当主の喬知《たかとも》が老中であった宝永《ほうえい》のころ、比叡山延暦寺《ひえいざんえんりやくじ》と裏山の伐採権を争っていた八瀬の人々は公平な裁きによって恩恵を受けた。

哀愁を帯びた刃音ゆえに「鳴狐《なきぎつね》」と称される本身《ほんみ》を抜けば、刃長二尺五寸の冴《さ》えた地金《じがね》に互《ぐ》の目丁字《めちょうじ》の刃文《はもん》が浮かび、拭《ぬぐ》いさることのできない血曇りの痕跡もみつかるにちがいない。

これまでに何人もの悪党奸臣《かんしん》を成敗《せいばい》してきた。役目と割りきっている以上、悔いはない。されど、一抹《いちまつ》の迷いは常にある。葬るべき的《まと》に向かうとき、躊躇《ためら》いがないと言えば嘘になる。

いや、余計なことを考えるのはよそう。

蔵人介は軽く首を振り、すっと立ちあがった。

「厠《かわや》でござるか」

逸見の呼びかけに目顔で応じ、薄暗い廊下へ踏みだす。

背後へ進めば御膳所、厠は草履に履き替えて行かねばならぬ裏庭のさきだが、表向《おもてむき》へと通じる左手の口奥から、奥坊主《おくぼうず》たちのひそひそ話が聞こえてきた。

「多聞《たもん》がひとり、二ノ丸の井戸に身投げしたらしいぞ」

いつもなら背を向けるところだが、身投げと聞いて足が止まった。

気配を消して身を寄せると、廊下の片隅でふたりの奥坊主が顔を寄せあっている。

「何処の多聞であろうか」

「噂では、屋島《やしま》さまの多聞だとか」

「屋島さまと申せば、お筆の方さまのお世話をするお局《つぼね》ではないか」

「さよう、めでたく若君がお生まれになったばかりゆえ、周囲には箝口令《かんこうれい》が敷かれておる」

「さりとて、こうしたはなしは漏れるべくして漏れる。噂は尾鰭《おひれ》をつけ、城内じゅうを駆けめぐるぞ」

「尾鰭はまだついておらぬわ。奥向《おくむき》で屋島さまの多聞いびりを知らぬ者はおらぬ。今までも大勢の多聞が暇を出されておるそうだ」

「噂は聞いておるぞ。いびられておったのは、下働きの多聞ばかりではない。若君のために選ばれた御乳持なども、乳が出ぬとわかればすぐに暇を出されておったとか」

「面と向かって叱りつけられたら、出るものも出ぬようになるわ、のう」

「くふふ、おぬしの言うとおりよ」

口さがない奥坊主たちの噂話ではあったが、聞き捨てにできぬと蔵人介はおもった。

牧田甚兵衛の妻女が亀五郎と名付けられた若君の御乳持に選ばれたはなしを、つい先だって不忍池の畔で耳にしたばかりだからだ。

はたして、佐保という妻女は無事につとめているのであろうか。

思案しながら身を乗りだすと、口奥の土圭之間《とけいのま》から短軀の人影があらわれた。

「おぬしら、そこで何をしておる」

一喝《いっかつ》するや、奥坊主ふたりは頭を抱えて逃げだした。

「ふん、たわけめら」

怒りながら吐きすてるのは「寸翁」こと、御旗奉行の雲井調所太夫にほかならない。

牧田甚兵衛の妻女を御乳持に推挽《すいばん》した「恩のあるお方」であった。

蔵人介は息を殺し、そっと後退《あとじさ》りする。

ふいに、声が掛かった。

「誰じゃ、そこにおるのは」

足を止めると、雲井が衣擦《きぬず》れとともに近づいてくる。

逃れられぬと悟り、蔵人介は肚を決めた。

雲井が廊下の端から、ひょいと顔を出す。

「ほっ、やはりおったな。おぬし、何者じゃ」

「御膳奉行の矢背蔵人介にござります」

襟を正して名乗り、深々と頭をさげる。

わずかな沈黙ののち、雲井はぱんと膝を叩いた。

「鬼役の矢背蔵人介か。おうそうじゃ、おぬしを目にしたことがある。忘れもせぬぞ、一昨年の長月《ながつき》二十三日、御小姓組番頭《おこしょうぐみばんがしら》の橘《たちばな》右近《うこん》さまが御老中の御意向に抗《あらが》い、内桜田《うちさくらだ》御門前で切腹を遂げられた。そのとき、橘さまに請われて介錯《かいしやく》をつとめたのが、おぬしであった。わしはな、御門の陰からみておったのじゃ。武士《もののふ》であれば、誰もが橘さまのごとく死にたい。そうおもわせるような、じつに見事な最期であったわ。無論、すべては惚れ惚れするような所作の介錯があったればこそのこと。ところで、おぬしは何故《なにゆえ》あのとき、橘さまの首を落としたのじゃ」

苦い思い出が唐突に甦り、頭が真っ白になりかける。

長らく蔵人介に密命を下していた重臣こそ、橘右近にほかならなかった。

公方家慶からの信頼も厚く、周囲からは「目安箱の管理人」とまで称され、徳川宗家の良心とも言うべき人物であった。ただ、権謀術策《けんぼうじゅっさく》に長《た》けた老中首座の水野《みずの》越前守忠邦《えちぜんのかみただくに》と折りあいが悪く、ついには死を賭《と》して抗議をおこなう挙に出ざるを得なくなった。

今でも惜しい人物を失ったとおもっている。それだけに、傷口に塩を塗られたような痛みを感じたのだ。

「今一度聞こう。橘さまがお役目柄、上様の密命を帯びておられたのは存じておる。おぬしはひょっとして、橘さまの子飼いであったのか」

あくまでもここは、黙りとおすしかない。

蔵人介が眼差《まなざ》しを床に落とすと、雲井はふくみ笑いをしてみせた。

「ふふ、こたえたくなければそれでもよい。中奥に一匹、閻魔《えんま》大王のつかわしめがおるとの噂を小耳に挟んでおったのじゃ。わしに痛いところを突かれて、わずかも動揺の色をみせぬとはの。日頃から精神をよう鍛えておるようじゃ。ところで、橘さまを失ってからはどうしておる。新たな飼い主でもみつけたか。ふはは、それもこたえられぬか。何なら、わしの子飼いにならぬか」

応じるべきことばもなく、蔵人介はただ頭を垂れた。

新たな飼い主は、大奥の元女官たちが起居《ききょ》する桜田御用屋敷にいる。老女として大奥の差配を任されていた如心尼《じょしんに》なのだと応じれば、寸翁も少しは驚いてくれるかもしれない。

だが、事実を知った者は誰であれ、生かしておくことはできなかった。

蔵人介が殺気を放つと、雲井調所太夫はすっと半歩後退った。

「おっと、危ういな。されど、わしも負けてはおらぬ。老い耄《おいぼ》れと舐めてかかれば大怪我をするぞ。これでも、伯耆流《ほうきりゅう》を修めた身ゆえな」

伯耆流は田宮流と同じ居合術の流派、片膝を折敷《おりし》いた抜き際の一刀は「波斬り」と称し、並みいる剣客から恐れられている。

「橘右近のように、首を失うことになるやもしれぬぞ。くく、戯《ざ》れ言《ごと》じゃ。おぬしは一介《いっかい》の鬼役づれにすぎぬ。ちがうか」

「仰せのとおりにござります」

「ならば、余計なことに首を突っこまぬがよい。奥坊主どもが何を語ろうと、耳をそばだてぬことじゃ。わかったな、約束したぞ」

雲井はくるりと踵《きびす》を返し、控え部屋の菊之間《きくのま》がある口奥の向こうへ去っていった。

矍鑠《かくしやく》としたすがたは気力の衰えを知らぬかのようである。しかも、わずかの隙《すき》も見出すことができなかった。

余計なこととは、いったい何を指すのか。

すでに起こったことなのか、それとも、これから起こることなのか。

雲井に告げられたとおり、舐めてかかれば大怪我をするかもしれぬ。

蔵人介は「くわばら、くわばら」とつぶやき、すっかり暗さの増した廊下を戻りはじめた。

三

火灯《とも》し頃になると、日本堤《にほんづつみ》の向こうから清掻《すががき》の音色が聞こえてくる。

「おれさまにしてみりゃ、あれは子守唄みてえなものさ」

赭《あか》ら顔で盃をかたむけるのは「金四郎《きんしろう》」こと、遠山左衛門少尉景元《とおやまさえもんのしょうじょうかげもと》であった。

今戸町《いまどちょう》の『花扇《かせん》』に呼ばれたのは、久方ぶりのことだ。

「別に用事はねえんだ。呑み相手が欲しかっただけのことさ」

淋しげにこぼす金四郎の気持ちは、蔵人介にもよくわかる。

さきごろ、北町奉行の座を逐《お》われ、大目付《おおめつけ》に「昇進」させられた。牙をぬかれた狼のごとく、すっかりしょぼくれてしまったのだ。

「改革改革、締付締付で、寄席や人情本は消えてなくなり、庶民の楽しみはなくなっちまった。芝居小屋だけは辛うじて、御老中に頼んで浅草《あさくさ》へ移してもらったが、そいつを涙ながらに感謝してくれた小屋主たちが、ご存じのとおり、勧善懲悪《かんぜんちょうあく》の『金さん』ものをおおっぴらに興行しちまった。正義はこのおれ、敵役は水野さまと南町奉行の鳥居耀蔵《とりいようぞう》。そいつを知った水野さまと鳥居は怒髪天《どはってん》さ。株仲間の解散のときも触れを流さずに叱られたし、床見世《とこみせ》の取っ払いや人返し令に異《い》を唱えたときも胸倉を掴《つか》む勢いで水野さまに怒鳴られた。それでもどうにか、のらりくらりと切り抜けてきたつもりでいたが、とどのつまりはこのざまだ。御役の序列は持ちあがっても、大目付なんざお飾りにすぎねえ。嗚呼《ああ》、くそおもしろくもねえや。せめて、鳥居の阿呆とだけでも刺しちがえておきたかったぜ」

今さらくだを巻いたところで、慰みの足しにもならぬ。戯れても冷静さを失わぬいつもの金四郎は、何処かへ消えていた。こうなれば、酒を浴びるほど啖って、酩《めい》酊《てい》するしかなかろう。

「聞いたぜ、八瀬童子《やせどうじ》ってのは鬼を祀《まつ》るんだってな。裏山の鬼洞《おにがほら》にゃ、都を逐《お》われて大江山《おおえやま》に移り住んだ酒呑童子《しゆてん》を祀っててんだろう」

金四郎がこうしたはなしをするのもめずらしい。

志乃の先祖である八瀬童子はたしかに、この世と閻魔王宮のあいだを往来する輿《こし》かきとも、不動明王の左右に侍《はべ》る「せいたか童子」や「こんがら童子」の子孫とも伝えられていた。

八瀬の民が朝敵の酒呑童子を祀るのは事実であったが、そのことを公言すれば弾圧は免れなかった。それゆえ、八瀬衆は比叡山に隷属《れいぞく》する寄人《よりうど》となり、延暦寺の高僧や皇族の輿を担ぐ力者《りきしや》の役割を負うようになった。戦国の世には禁裏《きんり》の間諜《かんちよう》となって暗躍し、忍びのあいだでは「天皇家の影法師《かげぼうし》」などと畏怖《いふ》され、かの織田信長《おだのぶなが》でさえも闇の族《うから》の底知れぬ能力を懼《おそ》れたという。

「矢背家は八瀬童子の首長に連なる家柄なんだってな。もっとも、養子のおめえにゃ関わりのねえはなしだ」

先代の信頼も御家人出身の養子であった。信頼と志乃は子を授からず、鬼の血を引く矢背家の血脈は志乃で途絶えたことになる。妻の幸恵は徒目付の綾辻家から娶《めと》った女性《によしよう》なので、医術を修めるべく大坂《おおさか》へ上った一粒種の鐵太郎《てつたろう》にも鬼の血は流れていない。もちろん、養子に定めた卯三郎も同様だが、矢背家を継ぐ者たちには人の命を平然と奪う鬼の資質が求められた。

「洛北の山里に住む鬼の末裔《まつえい》が、どうして幕臣になったのか。はなしは、今から百四十年ほどまえに遡《さかのぼ》る。ときの御老中は秋元但馬守《たじまのかみ》喬知さま、綱吉《つなよし》公と家宣《いえのぶ》公の御治世で幕政の舵《かじ》取りを担われた名宰相だ」

秋元但馬守は八瀬童子と天台座主《てんだいざす》公弁法親王《こうべんほっしんのう》の争いに公平な裁きを下し、山里の民は感謝の念を込めて村中の天満宮に秋元神社を築いた。秋祭りの赦免地《しゃめんち》踊りも、そのときからはじまったものらしい。

「宝永《ほうえい》四年と言えば、富士の御山が大噴火した年だ。噴煙も収まりきらぬころ、洛北の山里から首長の娘が江戸へ連れてこられた。将軍家毒味役を家業とする矢背家のはじまりだ」

代々、矢背家には男の子が生まれず、御家人の子息から剣の資質を見込まれた者たちが養子に迎えられてきた。

「おめえだって、天守番の息子なんだろう。鬼籍《きせき》に入った父親はたしか、叶孫兵《かのうまごべ》衛《え》だったな」

叶孫兵衛は、ただの天守番ではなかった。若いころは御庭番《おにわばん》の家に奉公し、全国津々浦々《つづうらうら》の大名家を調べてまわった。島津《しまづ》氏の治める薩摩《さつま》へも、命懸けで潜入したことがあったらしい。そのとき、肥後《ひご》との国境で年端もいかぬ男の子を拾った。

そう言えば、人影も失《う》せた逃散《ちょうさん》の村に、たったひとり残された親無し子、それがおまえなのだと、孫兵衛から涙ながらに告白されたこともあった。

「おめえの根っ子が何処にあろうが、どうだっていい。おれが言いてえのは、北町奉行の遠山景元が膝詰めでどれだけ頼んでも、鬼役のやつが頑《かたく》なに助っ人を拒みつづけてきたってことさ。矢背蔵人介という手駒さえ掌中にあれば、今も町奉行でいられたかもしれねえ。おめえなら、鳥居の寝首を掻くこともできたはずだ」

金四郎はふいに黙った。

廊下に面した襖《ふすま》が左右に開き、景気のよい三味線の音が飛びこんできたのだ。

三味線を爪弾《つまび》くのは、色白で妖艶《ようえん》なおたまだった。ひとむかしまえは江戸一番の巾着切《きんちゃくきり》、金四郎に捕まって改心し、しばらくは間諜まがいの役目を負わされたものの、今は『花扇』に身を落ちつけている。

「あらあら、矢背の旦那、今宵《こよい》はいつにも増して難しいお顔をしていなさる。金さんのお相手は面倒臭いことでありましょうが、このところはひとりぼっちで淋しいおもいをしておられます。どうかどうか、慰みのことばのおひとつでも掛けてさしあげてくださいまし」

掛けてやることばはないが、蔵人介は銚釐《ちろり》を摘《つま》んで盃に注いでやった。

金四郎は満足げに盃を干し、ぷふうっと息を吐く。

「呑んだ呑んだ、今日は帰《け》えるか」

「あら、お泊まりになるものとばっかり」

驚いたおたまに、金四郎は微笑《ほほえ》みかけた。

「おめえとしっぽり濡れてえ気分だが、明日はお城へ出仕しなくちゃならねえ。芙《ふ》蓉《よう》之間で嫌な野郎と面《つら》つきあわさにゃならねえのよ」

「嫌な野郎ってのは、もしや、鳥居の妖怪さんですか」

「そういうこと。宿酔《ふつかよ》いの腫《は》れた目で出仕したら、睨《にら》みを利かせることもできねえからな」

「睨みなんぞ利かせて、どうしなさるんです」

「何もしねえよ。いいや、何もできねえ。わかっちゃいても、團十郎《だんじゆうろう》張りの睨みだけは利かせてやりてえのさ」

何やら、むかしの金四郎に戻った気がして、蔵人介は少し嬉しかった。

町奉行になってからは守りの姿勢が目立ち、水野忠邦に迎合《げいごう》するようなところもままあったからだ。

今の金四郎なら、困ったときに手助けしてやってもよいとすらおもう。

立ちあがってふらつくからだを支えてやり、廊下をわたって表口へ向かう。

「またのお越しを」

親しげな女将《おかみ》やおたまに見送られ、山谷堀《さんやぼり》に架かる今戸橋のほうへ近づいた。

迎えの駕籠《かご》もなければ、挑燈《ちょうちん》持ちの用人もいない。

町人風体《ふうてい》ゆえに致し方ないものの、あまりに無警戒な気もする。

とりあえず、屋敷まで送っていくしかあるまい。

蔵人介が覚悟を決めると、金四郎は身を離し、千鳥足で歩きだす。

「へへ、夜風が気持ちいいぜ。ちちとんとん」

口三味線を弾きながら橋を渡りかけたとき、不穏な風が裾を捲《まく》るように吹きぬけていった。

橋向こうの正面に、人影がひとつあらわれたのだ。

あきらかに、殺気を纏《まと》っている。

それどころか、顔を黒頭巾で覆っていた。

「遠山さま、刺客にござるぞ」

「ん」

気づいたところで、酔っ払いの動きはぎこちない。

蔵人介は小走りに追いこし、金四郎を背に庇《かば》った。

夜目ゆえに、向こうもこちらの風貌までは判別できまい。

刺客は大胆な足取りで迫り、五間《けん》の間合いで踏み留まる。

腰をやや落とし、三尺に近い刀を抜きはなった。

刀身が上弦の月に照らされ、鈍い光を放つ。

「あの刺客、できるな」

金四郎が後ろから酒臭い息を吐きかけてきた。

頭は冴えても、からだのほうが言うことを聞くまい。

金四郎も剣術はできるが、対峙《たいじ》する刺客とでは勝負になるまい。

おそらく、一刀で葬られるだろうと、蔵人介は読みきっていた。

刺客は掟《おきて》破りの撞木足《しゆもくあし》に構え、つっと青眼《せいがん》から一歩長に突きこんでくる。

ただし、初太刀は様子見で、蔵人介が微動もせずに身構えると、深追いを避けて後退った。

「ちっ、居合を遣うか」

後退りつつ、右八相《はつそう》に構えを変える。

柳生新陰流《やぎゅうしんかげ》の雷刀《らいとう》であろうか。
いや、同流よりも構えが高い。
小野派一刀流か。
察した途端、二の太刀が襲ってきた。
「はうっ」
大上段からの斬り落とし。
おもったとおり、小野派一刀流の必殺技だ。
「ふん」
蔵人介は踏みこむと同時に、愛刀の国吉を抜刀する。
――ひゅん。
狐が鳴いた。
刺客は死に神の声を聞いたにちがいない。
鳴狐の刃は、相手の胸を捉えている。
一瞬でも遅ければ、蔵人介は脳天を割られていた。
「ぬはっ」
刺客は苦しげな声を漏らし、踵を返すや、胸を押さえながら逃げていく。

追捕《ついぶ》せぬのは、別の刺客を警戒したからだ。

しかも、蔵人介は手加減していた。

理由は自分でもよくわからぬ。

撃尺《げきしやく》の間合いに迫った刹那《せつな》、斬ってはならぬ相手のように感じたのだ。

橋のうえには、血痕が点々とつづいている。

すっかり酔いの醒めた金四郎が、屈みこんで何かを拾いあげた。

「根付《ねつけ》だぞ。ほれ」

差しだされた根付は、刺客の持ち物であろう。

「こいつは白蛇だな。へへ、見事な細工だぜ」

金四郎は笑いながら、白蛇の根付を袂に入れる。

「じつはな、今宵で二度目なのさ。どうやら、おれの命を欲しいやつがいるらしい」

「危ういとわかっていながら、出歩かれたのですか」

「鬼役がいてくれりゃ、斬られる心配はねえだろう。でもな、それだけが理由で呼びつけたんじゃねえぜ。わかってくれるよな」

「ええ、まあ」

「だったら、ついでに刺客の素姓を探ってくんねえか」

金四郎はいったん袂に入れた根付を取りだし、蔵人介の袂に捩《ね》じこもうとする。

拒むことはできなかった。

「へへ、頼んだぜ。下にい、下に……」

裾をからげて毛槍奴《けやりやっこ》のまねをしながら、金四郎は橋を渡りはじめる。

舌打ちをしたくなりながらも、蔵人介はお調子者の背中を追いかけた。

四

二日後、串部が根付の持ち主らしき者の素姓を嗅ぎつけてきた。

精巧な細工物だったので、根付職人たちにあたってわかったのだ。

「驚きましたな。持ち主が牧田甚兵衛さまのお義父上《ちちうえ》であられたとは」

何かのまちがいであることを祈念しながら、飯田町《いいだまち》の二合半坂《にごうはんざか》をのぼりきった。

坤《ひつじさる》の方角を眺めれば、夕照に包まれた富士山と日光山《にっこうさん》がよくみえる。もちろん、日光山のほうが低く、富士山の高さを十合とすれば五合の半分ほどにしかみえない。それゆえ、急坂は「二合半坂」と名付けられたらしかった。

三つ辻の右手には常磐《ときわ》の大木が聳《そび》えており、まっすぐ進めば田安《たやす》御門にいたる。

蔵人介と串部は、左手の町屋《まちや》に足を踏みいれた。

表通りに面して、櫛《くし》笄《こうがい》や簪《かんざし》をあつかう雑貨屋が建っている。

屋根看板には『摂津屋　御公儀御用達』とあった。

「ここですな」

串部は漏らし、先に立って敷居をまたぐ。

帳場に座る白髪の男が不審げな顔を向けてきた。

「いらっしゃいまし」

むさ苦しい侍が訪ねてくることなど稀《まれ》にもないのだろう。

串部は横幅のある体軀を揺すり、上がり端《ばな》へ近づいた。

「ちと、ものを尋ねたい。おぬし、店の主人か」

「へえ、摂津《せっつ》屋精右衛門《せいえもん》にござります」

「御乳持になられた佐保どのの父御か」

「えっ、あ、はい」

精右衛門は動揺し、帳場から転がりでてくる。

「もしや、お城のお役人さまで」

「ん、まあな。後ろのお方は、将軍家御毒味役の矢背蔵人介さまだ」

「将軍さまの御毒味役……へ、へへえ」

精右衛門は床に額を擦《こす》りつけ、顔をあげようともしない。

「待ってくれ。お役目でまいったのではない。ものを尋ねたいと申したであろう」

「あの、何ぞ、うちの娘に粗相《そそう》でもございましたでしょうか」

「佐保どののことではないゆえ、案ずるな」

「へっ」

顔を持ちあげた精右衛門は、額に脂汗《あぶらあせ》を滲《にじ》ませている。

「これをみてもらえぬか」

串部は蔵人介から預かった白蛇の根付を取りだした。

精右衛門は亀のように首を伸ばし、根付を手に取る。

しばらくじっくり眺め、詰めていた息をほっと吐いた。

「まちがいございません。これは手前が娘婿のために作らせた根付にございます」

「娘婿とは、牧田甚兵衛どののことであろうか」

「いかにも。されど、どうしてこれを」

「殿が拾われたのだ」

串部に促され、蔵人介は嘘を吐《つ》く。

「不忍池の畔でな。十日ほどまえのはなしだ。牧田どのご夫婦は弁天島を詣でておられた」

「それなら、佐保から聞いております。不忍池に小舟を浮かべ、孫たちがたいそう喜んだと申しておりました」

今戸橋で一手交えた刺客のすがたが脳裏に甦ってきた。

大上段からの峻烈《しゅんれつ》な斬り落とし。

あれはやはり、牧田甚兵衛にちがいない。

屋根看板にも『御公儀御用達』とあるように、摂津屋精右衛門は大奥出入りの雑貨商だった。御殿女中たちの派手な装いに憧れ、娘の佐保をどうしても武家に輿入《こしい》れさせたくなり、持参金百両を添えて牧田家へ嫁がせたのだ。

ほんとうは旗本がよかったものの、持参金が三倍は必要となるのであきらめ、御家人の家で妥協した。それでも、牧田の伝手《つて》で佐保が御連枝《ごれんし》となる若君の御乳持に推挽される強運を引きあてたのだと、精右衛門は誇らしげに胸を張った。

「一昨日、お城から文が届きました。幸い、娘は乳もよく出ておるそうです。お局さまもだいじにしてくれるので、余計な気を遣うこともないと。つつがなく過ごせておるようで、親としても安堵《あんど》いたしました」

奥のほうから、幼い子どもたちの笑い声が聞こえてきた。

「孫たちにござります」

佐保が二ノ丸にあがる際、ふたりの孫を預かることにしたという。店を継いだ長男のもとにも七つの娘があるので、三人で遊ばせておけばよい。下の娘はちょうど乳離れが済んだところだし、上の娘も母の不在を淋しがる様子をみせておらぬので、心安らかにみていられるようだった。

「されば、牧田どのは徒組《かちぐみ》屋敷にひとりで住んでおるわけだな」

「へえ。でも、今朝方早く、文使いがまいりました。何でも、お役目で上方《かみがた》へ向かうので、ふた月ほど江戸を留守にするとか」

「まことか、それは」

いかにも怪しい。おそらく、怪我の治療を装うための方便《ほうべん》であろう。

いずれにしろ、下谷《したや》の徒組屋敷を訪ねても、本人はおらぬはずだ。

白蛇の根付を精右衛門に預け、蔵人介と串部は店をあとにした。

すでに陽は落ち、あたりは暮れかかっている。

「やはり、刺客は牧田さまでしょうか」

「おそらくな」

「殿に気づきましたかな」

「斬られた瞬間、気づいたとおもう」

「いずれにしろ、深い事情がありそうですな」

串部は残念そうに溜息《ためいき》を吐いた。

妻子の顔をみているので、刺客が牧田であったことにやりきれなさを感じているのだろう。

蔵人介はどうするか迷いつつも、俎河岸《まないたがし》のほうへ足を向けた。

幸恵の実家が近いので、牧田のことを知る義弟の市之進を訪ねてみようとおもったのである。

綾辻家は代々、幕臣の不正を取り締まる徒目付に任じられてきた。

家督《かとく》を継いだ市之進は鳥居耀蔵の配下だったこともあり、そのころは鳥居に反撥《はんぱつ》する蔵人介とのあいだで板挟みになってしまい、何かと苦労が絶えなかった。鳥居が南町奉行になり、ようやく解放されたとおもったら、こんどは父親が物忘れの症状を悪化させた。それでも、錦《にしき》という気丈な嫁とふたりの愛娘に支えられ、日々、困難な役目に勤《いそ》しんでいる。

「市之進さまほど、憎まれ役の徒目付が似合わぬお方もございませぬな」

串部も同情するほどであったが、おもいきって訪ねてみると、本人は存外に元気そうだった。

「義兄上《あにうえ》、それに串部どのも、ちょうどよいところへまいられた。今宵は父の加減もよろしゅうございましてな、晩酌につきあってくだされ」

「そうもしておられぬが、まあ、少しだけ相伴《しょうばん》に与るとしよう」

夕餉の邪魔をする恰好になったが、急の来訪を錦に謝り、蔵人介の名も忘れてしまった義父を囲んで酒を酌みかわした。義父は朗らかに笑い、少しだけ酒をつきあい、すぐにうとうとしかけて寝所へ連れていかれた。

錦も遠慮し、娘たちと奥へ引っこんでしまう。

市之進は三人だけになると、膝を寄せてきた。

「もしや、密命にございますか」

などと、赭ら顔で囁《ささや》く。

市之進も密命のことは知っていた。剣術は下手だが、柔術のおぼえがあり、荒事《あらごと》に何度か連れだしたこともある。行く行くは卯三郎の後見人になってほしいと望みつつも、そのことを口にするのはまだ早いと感じていた。

蔵人介は銚釐を摘み、市之進の盃に注いでやる。

「密命ではない。牧田甚兵衛のことを聞きたくてな」

「御徒士の牧田甚兵衛にございますか」

「ふむ、幸恵に聞いた。何でも、同じ役目に就いたことがあったとか」

「五年前のはなしです。中込主水丞《なかごめもんどのじょう》という闕所物《けっしょもの》奉行が、お役目で押収した商家の宝物を掠《かす》めとり、そのことが表沙汰になって裁かれ、中込家は改易《かいえき》、主水丞本人は遠島《えんとう》となりました」

「おぼえておるぞ。おぬしが調べあげた一件であったな」

「中込の悪事を内々に訴えたのが、牧田甚兵衛にございました。徒目付は人手も乏《とぼ》しかったゆえ、牧田に調べの手伝いを頼んだのです」

ふたりの粘りが実り、闕所物奉行の罪は明白となった。爾来《じらい》、市之進と牧田のあいだには絆《きずな》のような結びつきが生まれたものの、身分のちがいもあってか、頻繁に会って酒を酌みかわすこともなくなり、今では盆暮れの挨拶をする程度の関わりだという。

「どうしているのかと、いつも気に掛けてはおりました。それゆえ、御妻女が御乳持に選ばれたことも早い時期に知ったのです。じつは数年前、錦も御乳持にならぬかと、大奥から誘われたことがありました。よう乳が出るという噂を、お城の誰かが聞きつけたのでござりましょう」

「拒んだのか」

「ええ。合力金も頂戴できるし、出世もほしいままだと説かれましたが、それがしが強く反対いたしました。たとい、上様の御子であっても、他人の子に呑ませる乳はないと涙ながらに訴えたら、錦も貰い泣きをしながら同意してくれたのです」

「それは、のろけか」

「いいえ、わたしたち夫婦の真実《まこと》にござります」

「ああ、わかった」

蔵人介はぞんざいに応じ、やおら腰をあげかけた。

「お待ちを。義兄上、何故、牧田甚兵衛のことをお尋ねになるのですか」

「おぬしには申しておかねばなるまい。じつはな、牧田とおぼしき刺客が遠山さまのお命を狙ったのだ」

「げっ」

仰天しすぎて、市之進は石地蔵と化す。

「さればな。助っ人が欲しいときは串部を寄こすゆえ、しばらく待っておれ」

「はあ」

惚《ほう》けたような顔をする義弟を残し、蔵人介は綾辻家を去った。

五

二ノ丸、奥向。

亀五郎は乳を呑み、腹が満たされると眠りに就いた。

侍女も居眠りをしている。

お筆の方も少し離れた部屋で昼寝をしているにちがいない。

佐保は尿意を催したので、亀五郎を小さな蒲団《ふとん》に寝かしつけ、御乳部屋から廊下へ抜けだした。

二ノ丸の奥向も、本丸や西ノ丸の大奥と造りは変わらない。公方家慶の側室ごとに部屋が分かれ、各々に部屋を仕切る局がいる。長局《ながつぼね》と称される部屋は二階建てで、料理をする勝手や据え風呂や厠がついており、身分の高い女官の部屋になると全部で七十畳ほどにもなる。側室の世話をする女官たちのほかに、局の世話をする合《あい》の間《ま》や多聞と呼ばれる娘たちが同居していた。

局同士は何かと角を突きあわせ、日頃からおたがいの粗探《あら》しをしては陰口の言いあいをしている。

お筆の方の局は屋島といい、気性の荒さでは局のなかでも群を抜いていた。

多聞たちは局におべっかを使わねば生きていけない。多くは出入商人の娘たちで、掃除や洗濯や水汲みといった負担の掛かる仕事を文句ひとつ言わずにこなす。休みは盆暮れの宿下がりのみ、最低でも三年はつとめあげねばならない。

それでも、御殿女中になれば箔《はく》が付き、城を出てからの縁談は引く手あまたとなる。したがって、町娘たちは奥向で奉公するのを望んだ。双親《ふたおや》は商売の信用を築くべく、少々のことは我慢せよと娘を諭し、寒中の水汲みなどであかぎれをつくった娘が弱音を吐いても、文などで叱咤《しった》激励を繰りかえす。

そうした実情を知るにつけ、佐保は娘たちへの同情を禁じ得なくなった。

さらに数日前、不審を抱かせるような出来事が起こった。

おかちという多聞が気鬱《きうつ》になり、井戸に身投げしたのだ。

直《じか》にことばを交わしたことはなかったものの、はにかんだ顔が愛らしい色白の娘だった。耳にした噂では、動きが鈍いと屋島にいびられ、革張りの雪駄《せった》で頬を叩かれたこともあり、日頃からいじめの的にされていたことを苦にして命を絶ったらしかった。

理由はどうあれ、おかちはみずから命を絶つところまで追いこまれていたのだ。

にもかかわらず、屋島から「面汚しめ」と悪態《あくたい》を吐かれ、御不浄門から桶《おけ》で運びだされた遺骸はぞんざいにあつかわれた。悲しみに暮れる実家の商家には、慰労のことばどころか、ろくな香典すら届けられなかったという。

「こんなところに居たくない」

佐保は正直な気持ちをつぶやいた。

それでも、乳が出なくなるか、若君の乳離れが済むまでは、じっと耐えるしかない。

途中で逃げたら、仲立ちしてもらった雲井調所太夫の顔を潰《つぶ》すことになる。主人の甚兵衛も「雲井さまには目を掛けていただいた恩がある」と言っていたではないか。

そもそも、牧田家は闕所物奉行手代同心という一代かぎりの抱入《かかえいれ》にすぎなかった。ところが、五年前、当時仕えていた闕所物奉行の悪事をあばいたことで、雲井の目に止まり、通例ならばあり得ない譜代《ふだい》の地位まで引きあげてもらった。

譜代は御家人の最高位で、地位と家禄を子や孫に継いでいけるのだという。

詳しいことはわからないが、甚兵衛に言わせれば雲井は「足を向けて寝られない」恩人らしかった。

それに、父親のこともある。

二年前に病で母親に先立たれてからは、すっかり老けこんでしまった。おそらく、弱気になっていたのであろう。御乳持で二ノ丸へあがることになったときの喜びようといったらなく、泣いて喜んだ父親の顔を思い出せば、途中で逃げだすことなどできそうになかった。

佐保は忍び足で廊下を渡りはじめた。

見上げた空は、どんより曇っている。

二ノ丸は公方の継嗣《けいし》ではなく、御連枝《れんし》たちが住まうところだ。連れてこられたばかりのころ、誰もいない早朝に格別な許しを得て、一度だけ御殿を見物させてもらった。奥向と御休息之間《ごきゅうそく》は、二本の廊下で結ばれている。廊下のひとつを渡って表向にいったり、壮麗な御殿群や中之島の浮かぶ広大な池を眺めた。

もっとも感動したのは、白鳥濠《はくちょうぼり》に浮かぶ水舞台の景観だった。

回廊で繋《つな》がれた舞台は遠侍《とおさぶらい》のある表御門のそばに築かれ、入側《いりかわ》の観能席から見上げれば、水舞台の向こうに屈強な石垣が築かれ、石垣のてっぺんに本丸の台所三重櫓《やぐら》が聳えていた。白亜の櫓を映した水面には濃緑の松と奇岩白砂《きがんはくしや》の中之島が浮かび、水舞台やその背景をかたちづくる石垣と見事に調和している。奥向にいるかぎり、二度と目にできない光景であった。

「もう一度、みてみたい」

佐保は祈念しつつ、ふいに足を止める。

夕陽も射しこまぬ入側の薄暗がりから、何故か、男女の艶《なま》めかしい吐息が聞こえてきた。

不思議におもい、廊下の片隅に身を寄せる。

「菊之助《きくのすけ》や、わらわを抱いておくれ」

「あ、はい」

「しっかりな、しっかり……」

睦言《むつごと》であろうか。

佐保は息を呑んだ。

鼻に掛かった声は、あきらかに屋島のものにほかならない。

敵娼《あいかた》の「菊之助」とは、いったい、誰なのだろうか。

想像はつく。芝居の女形《おんながた》などが長持《ながもち》に隠れて大奥へ忍んでくる噂は、以前からまことしやかに囁かれていた。

そうであるなら、あまりに大胆すぎる。

お筆の方に見咎《みとが》められたら、軽い叱責では済まされまい。

それとも、あらかたの者は承知しているのだろうか。部屋方よりも家計を握る局のほうが威張っているので、みてみぬふりをしているのかもしれない。

触らぬ神に祟《たた》りなしとは、こういうときのためにある諺《ことわざ》だろう。

ひょっとしたら、多聞のおかちは濡れ場をみたばっかりに、命を縮めたのではなかろうか。

そんなふうに察した途端、佐保の額に脂汗が滲んできた。

硬直したからだをどうにか動かし、後ろ向きで廊下を戻りはじめる。

どんと、背中が何かにぶつかった。

「ひぇっ」

振りむいた途端、八《や》つ手《で》のような掌《て》で口を押さえこまれる。

男子禁制と定められた奥向の廊下に、六尺近い大男が立っていた。

「うぬは御乳持か。ふん、みてはならぬものをみたようだな」

佐保は首を振る。何もみていない、わたしは何もみていないと、瞠《みは》った眸子で必死に訴える。
「もう遅いわ」
「うっ」
当て身を喰らい、意識が遠退いた。
たぶん、その男に担がれたのだろう。
気づいたときには、廊下に仰向《あおむ》けで寝かされていた。
屋島の残り香が漂っている。
睦言の交わされた入側にちがいない。
暗い天井からは、長さ一丈六尺の棒がついた乗り物が吊りさがっている。
「うっ」
叫ぼうにも猿轡《さるぐつわ》を嵌《は》められていた。
しかも、右手首を紐でしっかり結ばれている。
かたわらに、誰かいる。
髪の乱れた女形が仰向《あおむ》けに寝かされていた。
からだを突っついても反応はない。
気を失っているのだろうか。

「左内《さない》よ、こんなことをして平気なのか」

突如、屋島の声が聞こえてきた。

すがたはみえない。

左内と呼ばれたのは、六尺近い男のことだろう。

「逢瀬《おうせ》をかさねたふたりに、天罰が下されたことにするのです。どうせ嘘を吐くなら、派手な嘘のほうがよろしい。どっちにしろ、この御乳持は死なねばならぬ運命《さだめ》にありましたからな」

「さようなこと、聞いておらぬぞ」

「屋島さまは知らずともよいことにござる」

「養父上《ちちうえ》のお指図か」

「はい、さようで」

「ならば、口は挟むまい」

「それが賢明というもの」

理解できぬ会話がつづいていると、佐保はおもった。

逢瀬をみてしまったということ以外に、死なねばならぬ理由があるとでもいうのか。

ふたたび、左内が喋りだす。

「ともあれ、駕籠が落ちて死人が出たとなれば、当面のあいだ、お部屋への出入りは禁じられます。屋島さまのお望みどおり、もっと広いお部屋へお引っ越しできましょう。口封じと引っ越し、一石二鳥というわけでござる」

さような突飛な言い訳、誰が信じるというのだろう。

佐保の抱いた疑念など、屋島は毛ほども気にしない。

「ほほ、恐いおひとじゃのう」

「すべては、屋島さまのお力を見込んでのこと」

左内は「くく」と、鳥のように笑う。

「いずれは大奥の差配をおこなう御年寄《おとしより》になられるべきお方ゆえ、それがし汚れ役を一手に引きうけるのでござる」

「おかちのときも、そうであったなあ」

「多聞づれのことなど、忘れてしまいました。屋島さまもこれを機に、火遊びはお控えくださるよう」

「わらわを叱るのか」

「ええ、口で叱るだけで足りぬなら、尻でも叩いてさしあげましょうか」

「ふふ、おもしろいことを申すのう」

左内の影が近づいてきた。

「されば、ちと離れてくだされ」

「こうか」

「もそっと、廊下の向こうへ」

佐保は目を瞑《つむ》った。

逃げたくとも、からだが動かない。

最後に、幼い娘たちの顔が浮かんできた。

さようならも言えずに、ごめんなさい。

「やっ」

左内が気合いを発した。

駕籠を吊るす綱が断たれ、天井から黒いものが落ちてくる。

――どしゃっ。

雷鳴のごとき音を聞いたような気がした。

が、それも一瞬のことだった。

六

牧田甚兵衛の妻、佐保が死んだ。

二ノ丸の奥向で駕籠の下敷きになったと聞き、蔵人介は耳を疑った。

「いったい、どうすれば駕籠の下敷きになるのでしょうかね」

串部もしきりに首を捻《ひね》る。

「あれこれ考えたところで、真実などわかるまいが」

怒りを怺《こら》えて吐きすてたのは、佐保の死を訝《いぶか》しむ志乃であった。

「屋島なる局のもとでは、ついせんだっても多聞がひとり井戸へ身投げしたと聞いた。た。屋島こそが、いかにも怪しいではないか。おぬしら、佐保どのの仇《あだ》を討ってやる気はないのか」

志乃に煽《あお》られたかのように、幸恵も憤慨してみせる。

「許せませぬ。わたくしも仇討ちの列にくわえていただきとう存じます」

「おい、待て待て」

勇ましい女たちを抑える役目は嫌がる串部に託し、蔵人介は牛込御納戸町《おなんどまち》の家を飛びだした。

向かったさきは日比谷《ひびや》御門前、如心尼の拠《よ》る桜田御用屋敷である。

そこは歴代公方の側室だった御殿女中たちが暮らす隠居屋敷で、薨去《こうきょ》した公方たちの菩提《ぼだい》を弔うべく落飾《らくしょく》した者が多い。身分の高い者は身のまわりの世話をするお付きの連中も連れているので、女官たちの数は多く、巷間《こうかん》では「城外の大奥」と称されることもあった。

あらかじめ訪問の趣旨を伝えてあったので、侍女の里《さと》が唐門《からもん》の手前で待っていた。

「一即一切《いっそくいっさい》、一切即一、一入《いちにゅう》一切、一切入一……」

場にそぐわぬ巫女《みこ》装束を纏い、華厳経《けごんきょう》をぶつぶつ唱えている。

蔵人介が近づくと経を止め、にっこり微笑んでみせた。

里は「夜舟《よぶね》」の異称で呼ばれる刺客でもある。

仄《ほの》かに香る白檀《びゃくだん》は、如心尼の移り香であろう。

「御屋形《おやかた》さまに会われますか」

「ほう、会うために伺《うかが》ったのに、妙なことを聞くではないか」

会ってしまえば、抜き差しならぬ厄介事を命じられるとでもいうのか。

蔵人介は警戒しつつ、里を睨みつける。

「奥向のことゆえ、こたびはこちらから調べをお願いした。下された密命を拒むつもりはない」

「されば、こちらを」

里は袂に手を入れ、六文銭を取りだして差しだす。

蔵人介は苦笑し、三途《さんず》の川の渡し賃を受けとった。

「どうぞ、御屋形さまがお待ちかねにござります」

里は裾をひるがえし、滑るように門を潜《くぐ》っていく。

いつもどおり、大きな屋敷の脇道から裏手へ進んだ。

広い庭には瓢箪《ひょうたん》池があり、朱の太鼓橋も架かっている。

橋を渡ったさきは竹垣に囲まれ、柿葺《こけらぶ》きの庵《いおり》が建っていた。

入り口の軒下には「如心」と書かれた扁額《へんがく》が掛かっている。

隠号《いんごう》を付けた本人によれば、心のままにという意味らしい。

玄関の戸を開けると三和土《たたき》があり、蔵人介は草履を脱いで廊下にあがった。

廊下のさきを三度ほど曲がり、坪庭をのぞむ八畳間へ誘われる。下座に落ちつき、
書院造りの床の間をみやれば、花入れに藤の花が豪勢に生けてあった。色鮮やかな藤紫の背景には観能の様子を描いた軸が掛けられている。

能役者の付けた面から推《お》せば、演目は『景清』ではなかろうか。

舞台は水舞台のようで、背後には石垣もみえる。

本丸と二ノ丸を分かつ白鳥濠の能舞台にちがいない。

わざわざ、二ノ丸との関わりを匂わせたいかのようだ。

「あいかわらず、戯れがお好きだな」

と、蔵人介はうっかり口走る。

書院の端には、これみよがしに文筥《ふばこ》が置いてあった。蓋に金泥《こんでい》で葵《あおい》の紋が描かれた文筥には、如心尼を橘右近の後継と定める家慶の御墨《おすみ》付きが収められている。

今では隠号を知る者も増えたが、大奥の女官や表向の重臣たちのあいだで万里小路局《までのこうじのつぼね》を知らぬ者はいない。大納言池尻暉房《だいなごんいけがみてるふさ》の娘として京《きょう》に生まれ、家慶の正室として江戸入りを命じられた喬子《たかこ》女王の世話役となった。

喬子女王を十のころから支えつづけ、家慶が将軍に就くと、将軍付きの上臈《じょうろう》御年寄に昇進し、万里小路を名乗るようになる。爾来、二年と九カ月のあいだ、大奥の筆頭老女をつとめ、喬子の薨去にともなって落飾した。惜しまれつつも桜田御用屋敷へ居を移したが、御殿女中たちからは「までさま」と親しげに呼ばれ、大奥を牛耳《ぎゅうじ》る姉小路《あねがこうじ》でさえも容易に逆らえぬという。

なかなかの大物だが、蔵人介は安易に心を開いていない。

理不尽な命ならば撥《は》ねつけねばならぬと、そんな覚悟を決めていたが、今日ばかりは抗うわけにもいかぬだろう。

音も無く襖が開き、白檀の香が忍びこんできた。

「矢背蔵人介、面《おもて》をあげよ」

絹のような声に応じ、蔵人介は上座に向きなおる。

いつもどおり、ふくよかで美しい尼僧《にそう》が微笑みかけてきた。

化粧が薄いにもかかわらず、齢《よわい》は容易に判別できぬ。四十に届かぬほどにも、還暦を過ぎているようにもみえた。

「お疲れのようじゃな。香煎《こうぜん》でも」

「いいえ、けっこうにござります」

「さようか」

如心尼は何気なく、床の間の端へ目を落とす。

「どうじゃ、藤の花がきれいであろう。毎年この時季、亀戸《かめいど》天神の宮司に分けてもらうのじゃ。大奥のほうにも届けてさしあげたら、姉小路さまはことのほかお喜びになられてなあ。里に命じて、二ノ丸にも届けさせたのじゃ。ほかでもない、丈夫な若君をお産みになったお筆の方さまのところよ」

如心尼はふいに黙り、湯気の立ちのぼる香煎を口にふくんだ。

こくんと白い喉が上下し、香煎の酸っぱい香りが漂ってくる。

「おぬしの抱いた疑いは、まことであったらしい。屋島にも困ったものじゃ。だいじな御乳持を死にいたらしめるとはのう。若い時分は素直で機転の利く娘であったに、何処で道を踏みはずしたか、今では煩悩《ぼんのう》の犬になりさがってしもうたわ」

ほっと溜息を吐き、如心尼は香煎の湯呑みにまた手を伸ばす。

「里、調べてきたこと、鬼役どのに説いてさしあげよ」

「はい」

かたわらに侍る里がお辞儀をし、表情も変えずに淡々と説きはじめる。

「屋島の局は大奥差配の姉小路さまに向かい、つぎのように申し開きをいたしました。御乳持の佐保は人気女形の瀬戸《せと》菊之助と懇《ねんご》ろになり、長持に隠してお部屋まで運ばせるなどして逢瀬をかさねたあげく、御駕籠の下敷きとなって命を絶たれた。天罰が下ったのだという訴えが、何故か罷《まか》り通ったのでございます。もちろん、さようなはなしを信じる者はおりませぬ。屋島の局を頼りになさるお筆の方さまとて、眉を顰《ひそ》めておられるとか」

事を荒だてたくない姉小路や御留守居役《おるすいやく》は、屋島の訴えを鵜呑《うの》みにした。裏金もいくらか渡っているのだろう。屋島は何らのお咎めも受けず、お筆の方ともども、悠々とほかの部屋へ引っ越してしまったという。

「濡《ぬ》れ衣《ぎぬ》を着せられた佐保どのは、還《かえ》らぬ人となりました。ほどなく、牧田家には改易のお沙汰が下されましょうし、ご実家の摂津屋とて無事では済みますまい」

「理不尽なはなしじゃ」

「御屋形さまの仰《おつしや》るとおりにござります」

里は屋島の罪を明らかにできる証拠を摑んできた。

「まずは、暇を出されていた合の間から、多聞殺しの真相を聞きだしました」

合の間は、多聞のおかちが井戸に身投げしたのではなく、何者かに胸のまんなかを千枚通しでひと突きにされたのだと、泣きながら証言した。里は佐保と菊之助の遺体を荼毘《だび》に付されるまえに調べており、ふたりの胸にも千枚通しのようなもので突いた傷痕をみつけていた。

「止《とど》めを刺したのではないかとおもわれます。いずれにしろ、三人は同じ手口で殺《あや》められておりました。矢背さまは、石室《いしむろ》左内という者をご存じでしょうか」

「御広敷用人《おひろしきようにん》か」

風貌だけなら知っている。たしか、金壺《かなつぼ》眸子の大柄な男だ。

里は軽くうなずき、蔵人介をじっとみつめた。

「手を掛けたのは、石室左内ではあるまいかと。屋島と密接な関わりにあることは、何人かの多聞たちも存じております。されど、ひとつ気に掛かることが。何故、佐保さまは殺められたのか、ということにござります」

屋島と菊之助の逢瀬をみてしまい、口封じのために殺められたのではないのか。

里は首を捻る。

「それも命を落とす理由だったのかもしれませぬ。されど、気に掛かるのは佐保さまのご主人のことにござります」

「牧田甚兵衛のことか」

蔵人介が身を乗りだすと、里は薄く笑った。

「やはり、ご存じでしたか。今から三月前、御赦免船《ごしやめんぶね》で八丈島《はちじようじま》から江戸へ戻された罪人がひとりおりました。中込主水丞という元闕所物奉行でござります。中込は江戸の地を踏んだ日の夜、新川《しんかわ》河岸の一角で侍同士の喧嘩沙汰に巻きこまれ、無礼《ぶれい》討《う》ちにされてしまいました」

中込を無礼討ちにした相手というのが、牧田甚兵衛であった。

「何だと」

蔵人介が驚いても、里は気に留めずにつづけた。

「牧田甚兵衛は五年前、当時上役だった闕所物奉行の不正を明らかにしました。それからほどなくして、抱入から譜代の御家人へと異例の出世を遂げております。佐保さまを娶られたのは、出世から一年後にござりました。ご存じかもしれませぬが、島送りとされた上役こそ、中込主水丞にほかなりません。御赦免船で五年ぶりに江戸へ戻った夜、中込は自分を訴えた元配下の手に掛かって死んだのです」

偶然ではあるまい。だが、佐保の死とどう関わってくるのであろうか。

「じつを申せば、関わりはわかりませぬ。されど、屋島と牧田甚兵衛の各々に繋がる人物がひとりおります」

「誰だ、それは」

「御旗奉行、雲井調所太夫。寸翁と綽名される老臣にござります」

いったい、雲井が屋島とどう関わるというのか。

蔵人介は、ぐっと身を乗りだす。

「寸翁なる者、屋島の養父なのでござります」

「何だと」

驚きを隠せずにいると、如心尼がおもむろに口をひらいた。

「さすがの鬼役も、そこまでは知らなんだか。どうやら、調べがまだ足りておらぬようじゃな。さすれば、今日のところは密命を下せまい。牧田甚兵衛なるもの、行《ゆき》方《がた》知れずになったというしな」

里に手渡された六文銭は、行く先を見失いつつあった。

牧田の行方もさることながら、市之進の口からも出ていた五年前の出来事を調べなおさねばなるまい。

蔵人介は平伏《ひれふ》しつつも、逸《はや》る気持ちを抑えかねていた。

七

翌夕、蔵人介は「金四郎」こと遠山景元に呼ばれ、浅草まで足を延ばした。

やってきたのは今戸の『花扇』ではなく、三座の新櫓が聳える猿若町《さるわかちょう》である。

一昨年の神無月《かんなづき》七日、日本橋《にほんばし》の堺町《さかいちょう》にあった中村《なかむら》座の楽屋から出火した炎は葺《ふき》屋町《やちょう》の市村《いちむら》座に類焼し、芝居町周辺の堀江町《ほりえちょう》、新乗物町《しんのりものちょう》、元大坂町《もとおおさかちょう》、芳町《よしちょう》の一帯を焼きつくした。幕府はこれ幸いと普請《ふしん》差し止めを勧告、火事を契機に芝居興行の廃止を求めた。奢侈《しゃし》禁止令によって江戸庶民から娯楽を奪おうとする老中水野忠邦の意向を汲んだものであったが、これに待ったをかけたのが北町奉行の遠山であった。

ことばを尽くして水野を説きふせ、芝居興行の廃止だけはどうにか阻み、芝居町をそっくり移転させることで解決をはかったのだ。移転先は塀で囲われた吉原《よしわら》に近い「浅草藪《やぶ》の内」とされ、中村座と市村座には御下金《おさげきん》として五千五百両が下された。翌年には木挽町《こびきちょう》の森田《もりた》座も、御下金二千七百五十両で転居を命じられた。

町名は江戸歌舞伎の創始者とされる猿若勘三郎《かんざぶろう》にちなんで付けられ、中村座は猿若町一丁目、市村座は同二丁目、森田座は同三丁目へ移り、芝居に関わる者たちは猿若町以外に住むことを禁じられた。市村座は昨年九月、中村座は十月に興行を開始し、ようやくどうにか軌道に乗りはじめたところだという。

夜間の興行はないので、すでに芝居ははねていた。

蔵人介は帰りの客で賑《にぎ》わう往来へ踏みこみ、めずらしそうに左右をみまわしながら遊山《ゆさん》気分でそぞろ歩き、あらかじめ指示されていた『中島屋《なかしま》』という芝居茶屋の暖簾《のれん》を振りわけた。

「おいでなされまし、あら、何と見事な男ぶり」

やにわに、手を取られて引っぱりこまれる。

鰓《えら》の張った四角い顔の女形だ。練り白粉《おしろい》を白壁のように塗っているので、面相がまったくわからない。

「ふへへ、豊治郎《とよじろう》、そいつはおれの客だ」

町人風体の金四郎が、奥から顔を覗《のぞ》かせる。

「おや、金さんの。そいつは御無礼つかまつり」

豊治郎は頭《こうべ》を垂れつつも、蔵人介の手を離さない。

「好みなのはわかるが、手を離してやれ」

「はい」

無骨な手から解放され、草履を脱いで床へあがった。

大目付の金四郎が先に立ち、みずから奥へ案内してくれる。

「やつは茶屋の主人なんだぜ。一時は大向こうを唸《うな》らせた立役《たちやく》だったが、腰を痛めて舞台を降りた。ああみえても、芝居町の生き字引みてえな野郎なのさ」

奥の部屋へ導かれていくと、下座に役者らしき男がふたりかしこまっていた。

金四郎と蔵人介が踏みこむなり、両手をついて畳に額をつける。

「おいおい、しゃっちょこばった挨拶は抜きにしてくれ」

「いいえ、そういうわけにはまいりませぬ」

年嵩《としかさ》のほうが、両手をついたまま喋りだす。

「遠山さまは山よりも重い恩のあるお方、恩人のご友人ということでしたら、それ相応のご挨拶をせねば、四代目中村歌右衛門《なかむらうたえもん》の名が廃《すた》ります」

ひょいと持ちあげた顔をみれば、むかし錦絵で目にしたことのある看板役者の顔にまちがいない。

さすがの蔵人介も驚きを禁じ得なかった。

金四郎が上座に腰を下ろすと、若いほうの役者が膝行《しっこう》し、蝶足膳《ちょうあしぜん》に置かれた銚釐を摘んでかたむける。

「へへ、こいつは鼻の三十郎《さんじゅうろう》、実悪《じつあく》を演《や》らせたら右に出る者のいねえ役者さ」

説かれずとも、三代目関《せき》三十郎であることは、高い鼻をみればわかる。

「ささ、鬼役さまもどうぞ」

どうやら、こちらの素姓は聞きおよんでいるようだ。

三十郎に注がれた上等な諸白《もろはく》を、蔵人介はくっと呑みほした。

「よっ、さすがの呑みっぷり」

金四郎が戯《おど》けた調子で手を叩く。

「へへ、四代目はおもしれえことを考えていやがる。何と、皐月《さつき》興行で『景清』を演《や》ろうってんだからな。しかも、実物の甲冑《かっちゅう》まで纏うときた。そいつはまったく、市井《しせい》の連中が大喜びしそうな趣向にゃちげえねえが、鳥居のやつが見逃しちゃくれめえ」

改革の旋風が吹き荒れていた昨年の弥生、当代随一の人気役者だった五代目市川《いちかわ》海老蔵《えびぞう》は奢侈《しゃし》禁止令に背《そむ》いた咎で興行中に捕縛された。そのときに演じていたのが、牢破りの荒事《あらごと》が見せ場の『景清』にほかならず、本物の甲冑を纏っていたことが怪《け》しからぬとされたのである。

「海老蔵に縄を打つことができれば、理由なんざ何だってよかったのさ」

眦《まなじり》を吊りあげて怒ったのは、南町奉行の鳥居耀蔵にほかならない。それこそ、芝居がかった大仰《おおぎょう》な捕縛劇であったが、川柳《せんりゅう》にも「景清は牢を破って手錠食い」と詠《よ》まれた大騒動ののち、幼子までもが知っている市川海老蔵は江戸十里四方所《しほうところ》払《ばら》いとなった。

「成田《なりた》屋の消えた燈火を、残った連中で灯してやりたいのでござります」

歌右衛門は朗々と発し、頬に一筋《ひとすじ》の涙を流す。

芝居に携わる者たちの苦労は、筆舌に尽くしがたい。

蔵人介もわかっているだけに、胸の詰まるおもいがした。

だが、金四郎は『景清』のはなしを聞かせるために、わざわざ呼びつけたのではあるまい。

「まずは、みてほしいもんがある」

よっこらしょっと立ちあがり、床の間の刀掛けから刀をひと振り抱えてきた。

蔵人介は反《そ》りの深い鞘《さや》ごと受けとり、歌右衛門と三十郎をちらりとみやる。

ふたりは息を呑み、瞬《まばた》きもせずにみつめていた。

「抜いてくれ」

金四郎に促され、正座したまま、本身を鞘走《さやばし》らせる。

「ん、これは」

蔵人介の口から、感嘆の声が漏れた。

「どうでえ」

「業物《わざもの》にございます」

刃長は二尺五寸一分、反り具合は均一な京反り、細直刃《すぐは》の刃文は浅く湾《のた》れて、互《ぐ》の目足入《めあしい》りで三重の焼き刃が掛かり、目の詰んだ沸《にえ》は細やかな潤いをみせている。

さらに、地鉄は古木のように美しい小板目肌《こいためはだ》で、湯走りや金筋のはたらく表情豊かな鍛肌《きたえはだ》だ。

蔵人介は刀身を嘗《な》めるように眺めた。

「ただの業物ではございませぬな。刀工のなかの刀工、三条宗近《さんじょうむねちか》の打った三日月《みかづき》宗近《むねちか》と何ら遜色《そんしょく》ない名刀かと」

「さすがだ。されど、三日月宗近ではないぞ」

「承知しております。宗近より、やや刃長が短い。もしや、河内有成《かわちありなり》の石切丸《いしきりまる》ではござりませぬか」

「おお」

下座に控えるふたりから、驚きの声が漏れた。

「茎《なかご》の銘《めい》をみてみろ」

命じられるがまま、蔵人介は目釘《めくぎ》を抜いて柄《つか》を外す。

栗尻《くりじり》の茎には「有成」と刻まれていた。

まちがいない、「石切丸」と呼ばれる幻の名刀である。

蔵人介は柄を嵌《は》めなおし、鞘に納めると、うやうやしく金四郎に差しだした。

「来歴は説くまでもなさそうだな」

河内有成は三条宗近本人かもしれぬと伝えられる洛中の刀工。当初、石切丸は

源 義平《みなもとのよしひら》が携えていた。叔父を討って「悪源太《あくげんた》」の異名で呼ばれた源氏《げんじ》の武将だが、平治《へいじ》の乱《らん》で平家《へいけ》に負け、捕らえられて六条《ろくじょう》河原で斬首された。

捕まるまでのあいだ、美濃《みの》から越前《えちぜん》へ落ちのびようとした際、美濃街道沿いの山里で村長《むらおさ》の娘に石切丸を託したという。村娘のもとには、ともに託された青葉《あおば》の笛は残されたものの、石切丸のほうは行方知れずとなり、それ以降は世に出たことがなかった。

蔵人介は曰《いわ》くつきの名刀を手にし、魂を吸いとられそうな感覚に陥っている。

「その石切丸、鼻の三十郎が十両で物乞いから買ったのさ」

金四郎は真剣な顔になる。

「そんなものをみせられたら、裏の事情ってやつを調べたくなるってもんだろう。で、どうせ暇だし、調べてみたのさ」

金四郎はまず物乞いを捜そうとしたが、何日か経って、向こうから三十郎のもとへ戻ってきた。

「あと十両貸してくれとな」

三十郎に言いふくめておいたので、金四郎は物乞いと対面することができた。

「何とそいつは、落ちぶれた札差《ふださし》の成れの果てだった。五年前に高利で金を貸したことが明るみになり、闕所の沙汰を下されたのさ」

本人は無一文で、江戸払いの沙汰を受けた。五年経って上方から江戸へ戻り、物乞いをやって食いつないでいたやさき、弓町《ゆみちょう》の骨董屋《こっとう》で何かが自分を呼んでいる気配に気づいた。

「敷居をまたいでみると、札差のころに自分のものだった石切丸がありやがった。どんなお宝よりもたいせつにしていた宝刀にまちがいねえ。それとわかるや、物乞いは刀に手を伸ばしていた。必死のおもいでそいつを胸に抱え、見世を飛びだしたそうだ」

金四郎はそのはなしを聞き、さっそく弓町の骨董屋に出向いた。

強面《こわもて》の顔をつくり、誰から買ったのか問うてみると、盗人から仕入れた故買品《こばいひん》だという。

「主人が盗人から聞いたはなしでは、畏《おそ》れ多くも水野越前守さまの御屋敷から盗んだ代物《しろもの》だとか。いかにも眉唾《まゆつば》なはなしだが、おれは駄目元で水野家の知りあいに当たってみた。するとどうでえ、蔵荒しに遭ったことも、宝刀を盗まれたことも、まちがいねえって言うじゃねえか」

つまり、元は札差の所有物だった石切丸を、水野忠邦は誰かに貰いうけていたことになる。

「いってえ、何処のどいつがそんなことを。頭に浮かんだのは、五年前に札差が闕所になったときの闕所物奉行さ。何せ、闕所物奉行は、ほれ、大目付の配下だからな」

大目付になった遠山の命に抗う者はいない。さっそく、五年前に遡って調べさせてみると、当時関わった闕所物奉行の名が判明した。

「中込主水丞って野郎だ。でもよ、中込は闕所にした品を掠めた罪で遠島になった。掠めた品物の台帳もちゃんと残っていたぜ。ところが、石切丸らしき宝刀の記載だけは帳面になかった」

おかしいとおもった金四郎は、台帳を付けた同心も調べた。

「牧田甚兵衛とかいう同心だ。どうやら、その牧田って野郎が中込の悪事を目付筋に密告し、島送りにした張本人らしい。いかにも怪しいじゃねえか。元町奉行の勘働きってやつさ。おれは御徒長屋へ使いを出し、牧田を役宅へ呼びつけた。ところが、いつまで待っても来やがらねえ。待つのに飽きて、おれはふらりと今戸の『花扇』へ呑みにいった。その帰路、役宅の近くで襲われたのさ。たまさか、そばにいた野良犬が吠えまくってな、役宅から宿直《とのい》の連中が押っ取り刀《おっとりがたな》で出てきた。おかげで命拾いしたってわけだ」

それがどうやら、一度目に襲われた経緯《いきさつ》らしかった。

「一度目の刺客も、頭巾で顔を隠していやがった。二度目に襲ってきた野郎と、すがたかたちはいっしょさ」

蔵人介は平静を装い、表情も変えずに聞いた。

「牧田甚兵衛が刺客だと仰るので」

「おれはそうみている。でもな、牧田ひとりの仕業じゃねえような気もする」

「後ろ盾がいると」

「まあな。五年前、石切丸をどうしても手に入れてえやつがいたのさ。ところが、中込にさきを越されちまった。だから、牧田を取りこみ、中込を密告させ、そんでもって石切丸を横取りしたんじゃねえかと、おれは踏んでいる。そのあたりを嗅ぎつけられたら困るやつがいるのさ。そいつが御徒士に命じ、おれの命を狙わせたにちげえねえ」

金四郎の筋読みは当たっているかもしれない。

蔵人介も、牧田の動きには合点《がてん》がいかなかった。

「後ろ盾が誰なのか、おめえに探りだしてほしいのよ」

返事は敢えてしなかった。当然、関わるべきだろう。悲惨な死に方をした妻女のこともあるし、ここは何が何でも、牧田を捜しださねばなるまい。そして、隠された真実をあばくのだ。

「今のところ真実を知っているのは、こいつだけかもな」

金四郎は眸子を細め、石切丸を掲げる。

鼻の三十郎は四つん這《ば》いになり、頭をさげた。

「三十郎はお人好しでな、物乞いの頼みを聞いて、十両貸してやったそうだ。物乞いは翌日、冷たくなってみつかった。山谷堀に身投げしたのさ。吉原で女郎を買ったあとになあ。最後の晩だけは、良い夢をみたかったにちげえねえ。おおかた、ひとの温もりってやつが欲しかったのさ」

切ないはなしだ。切ないと言えば、御赦免船で戻された中込主水丞も江戸の土を踏んだ晩、牧田に斬られてしまった。

おそらく、そのことを伝えても、金四郎は驚かぬであろう。

牧田甚兵衛の歯車は、何処かの時点で狂ってしまったのだ。

狂わせた相手こそがすべての元凶にちがいないと、蔵人介はおもった。

八

卯月十七日は大権現家康《だいごんげんいえやす》の命日、公方家慶は朝早く斎戒《さいかい》して紅葉山《もみじやま》の霊廟《れいびょう》へ参り、そののち、上野寛永寺《うえのかんえいじ》の東照宮《とうしょうぐう》へ参って法要にのぞむのを慣例としていた。

山内《さんない》で昼餉をとることもあるため、蔵人介はお毒味役として随従する。

寛永寺の寺領へやってくるのは、不忍池の畔へ牡丹を観にきて以来だ。

昨日のことのように感じられるものの、牡丹の花はもう咲いていない。

あのときに初めて出会った牧田甚兵衛の妻女は亡くなった。そのことが信じられず、牧田の顔を頭に浮かべると不吉なおもいにとらわれる。

家慶を乗せた駕籠は供侍に守られ、忍川《しのぶがわ》に架かる三橋《みはし》を越えたところだ。

供侍の数はさほど多くないものの、老中首座の水野忠邦を筆頭に幕閣《ばっかく》の重臣たちも厳《いか》めしげに供奉《ぐぶ》している。

なかでも、注視すべきは御旗奉行の雲井調所太夫であった。

将軍御成《おなり》の際は、たいてい、御旗奉行と御槍《おやり》奉行が先導役をつとめる。

雲井は短軀ゆえに御槍奉行と一線に並ばず、暗黙の了解で先行することを許されていた。城内ではさしてやることもないので、ここが見せ場とばかりに張りきり、反っくり返らんばかりに闊歩《かつぽ》している。

肩衣半袴《かたぎぬはんばかま》の蔵人介は行列のしんがりから、溜塗惣網代《ためぬりそうあじろ》の駕籠越しに、布衣《ほい》を纏って侍烏帽子《さむらいえぼし》を付けた雲井の背中をちらちら眺めていた。

駕籠の歩みは鈍い。

幅の広い参道の両端からは、横並びに正座した参詣人たちが眺めている。

遥か前方には左右に袴腰を広げた御成門と黒門が並んでみえ、両門奥の右手には五重塔の頂部をのぞむこともできた。

御成門を抜ければ、文殊菩薩《もんじゆぼさつ》を納めた吉祥閣《きつしようかく》にいたり、左手奥には大仏殿と時《とき》の鐘《かね》、さらにはお化け灯籠《とうろう》なども目にすることになろう。吉祥閣を潜りぬければ、長い回廊で繋がれた法華《ほけ》堂と常行《じようぎよう》堂があり、両堂を越えたさきに、ぐるりと回廊に囲われた豪壮華麗な根本中堂《こんぽんちゆうどう》があらわれる。五重塔は多宝塔《たほうとう》とともに、中堂回廊の手前に聳えていた。

家慶は根本中堂に着いたのち、衣冠束帯《いかんそくたい》に着替える。

駕籠のなかでは、黒い熨斗目《のしめ》と黒い肩衣《かたぎぬ》を纏っていた。

駕籠を守る御徒士らもみな、同様に黒い装束を纏っている。

まるで、鴉《からす》のごとき集団だが、これはまんがいちの備えにほかならない。刺客に襲撃されて家慶が駕籠から逃れたとき、防《ふせぎ》の連中と区別がつかなくするためのはからいだった。

五十有余の御徒士らはみな、公方の影武者となる。

行方知れずとなった牧田甚兵衛も、影武者のひとりであった。

いざとなれば、公方の身代わりになり、命を落とさねばならない。

おそらくは御役目に誇りを抱きながら、日々を過ごしていたことだろう。

あれだけの力量をもってすれば、かならずや、家慶にとって心強い盾になったにちがいない。

惜しいなと、蔵人介はつくづくおもう。

もはや、牧田に帰るところはないのだ。

御成門と黒門は近づいている。

あいかわらず、駕籠の歩みは鈍い。

――ぴぃひょろろ。

曇天の低い空に、つがいらしき鳶《とび》が輪を描いている。

誰もがみな、空を見上げた。

そのときである。

黒門の太い柱の陰から、黒頭巾の男が飛びだしてきた。

筒袖《つつそで》に股引《ももひき》、身軽な装束で駕籠の一団に迫ってくる。

「くせものじゃ」

疳高《かんだか》く叫んだのは、先頭を歩く雲井だった。

腰を屈めて身構え、じっと刺客に備える。

その雲井を後ろから追い越し、鴉の群れが押しだしてきた。

「ふおお」

御徒士の影武者たちだ。

一方、家慶を乗せた駕籠はと言えば、前後十人の陸尺《ろくしやく》に担がれたまま、宙ぶらりんになっている。

蔵人介は股立ちを取り、しんがりから低い姿勢で駆けだした。

影武者たちに混じって駕籠脇に付き、左右と背後に目を配る。

刺客らしき影はない。

正面のひとりだけだ。

「けいっ」

刺客が気合いを発した。
たったひとりとは、信じられない。
しかも、手にしているのは木剣のようだ。
「ぎゃっ」
刺客はふたりの御徒士を叩きふせ、三人目も瞬く間に昏倒《こんとう》させた。
群がる御徒士の波を巧みにかいくぐり、防の先頭にすがたをみせる。
そして、駕籠のほうにではなく、御旗奉行めがけて突っこんできた。
「雲井調所太夫、覚悟せよ」
その声音と立ち姿には、おぼえがある。
蔵人介は瞬時に、刺客の正体を見抜いた。
牧田甚兵衛か。
胸の裡《うち》につぶやき、駕籠から大きく脇へ離れる。
刺客は木剣を捨て、腰の刀を抜いた。
御徒士たちが警戒し、ぱっと散開する。
「ほれ、来てみい」
雲井は微動もせず、余裕の台詞《せりふ》を吐いた。

伯耆流の居合を遣うべく、ぎりぎりまで抜刀せぬつもりだろう。
牧田らしき刺客は右八相《はっそう》に構え、五間の間合いから果敢に踏みこんでくる。
「死ね」
大上段に構えなおし、一気に斬りさげてきた。
「ぬりゃっ」
雲井の脳天が、ぱっくり裂ける。
いや、そうではない。
手練《てだれ》の寸翁は素早く片膝を折敷き、内から外へ抜き際の一刀を放っていた。
必殺の波斬りである。
「くっ」
刺客の動きが止まった。
常人ならば、腹を深く裂かれていたにちがいない。
即死のはずであったが、刺客はくるっと踵を返した。
傷を負った腹を片手で押さえ、風のように逃げていく。
三橋の方角だ。
数人の御徒士が駆けだし、蔵人介も追捕の列にくわわった。

「逃すな、逃すでないぞ」
叫んでいるのは、老中の水野であろうか。
いや、家慶にちがいない。
駕籠の格子戸を開け、あらんかぎりの声で叫んでいる。
蔵人介は御徒士たちの最後尾に従き、三橋を越えたところで立ち止まった。
黒門町《くろもんちょう》までまっすぐ延びる下谷広小路に目を細めても、それらしき人影はない。
御徒士たちは猪突猛進《ちょとつ》に駆けていったが、蔵人介だけは右手の池之端《いけのはた》へ向かった。
「たぶん、こっちだ」
誘われているような気がしたのだ。
池之端仲町《なかちょう》の一角にも、小さな牡丹苑がある。
手負いの刺客はおそらく、そちらへ逃げたにちがいない。
牡丹の散ってしまった苑は、不忍池を背にしている。
池のうえでは、水鳥たちが遊んでいた。
弁天島もみえる。
牧田が親子水入らずで詣でたさきだ。
近くに人気《ひとけ》がないのをたしかめ、蔵人介は苑に踏みこんだ。

隘路《あいろ》を奥のほうへ進むと、地べたに血痕がみつかった。

やはり、刺客は牧田甚兵衛なのだ。

何故、わざわざ御成の行列を狙ったのか。

公方家慶の面前で雲井調所太夫を討ち、満天下に奸臣の悪行を晒したかったのだろうか。闇討ちではなく、堂々と佐保の恨みを晴らしたかったのかもしれない。そうすることで、悪行の片棒を担いだみずからの過ちをも清算し、武士として華々しく散りたいと願ったのであろう。

だが、牧田は雲井を討ち漏らした。

深傷《ふかで》を負い、もはや、逃げる力さえ失っているはずだ。

蔵人介は胸が詰まるおもいで、点々とつづく血痕をたどった。

九

遅咲きの紅い花を咲かせたひと叢《むら》の牡丹の手前で、牧田甚兵衛をみつけた。

両足を投げだし、棒杭に背をもたせかけている。

晒された顔は蒼白だった。

腹のあたりは血まみれになっている。

「矢背さま……き、来てくださったのですね」

牧田は力無く漏らし、乾いた唇を舐めようとする。

蔵人介は腰から竹筒を外し、口に水をふくませた。

少し落ちついたのか、牧田は喉から声を搾りだす。

「……く、口惜《くちお》しゅうございます……ご、五年前、雲井にそそのかされ……な、中込主水丞を島流しに……す、すべては……く、雲井が……い、石切丸を望んだため」

闕所となった札差のお宝に「石切丸」がふくまれていることを、雲井はあらかじめ知っていた。蒐集《しゅうしゅう》家垂涎《かすいぜん》の名刀を手に入れようとすれば、千両箱一個でも足りぬ。それほどの価値がある宝刀を是が非でも手に入れたくなり、雲井は闕所召上台帳を作成する掛《かかり》の牧田に近づいた。出世させてやると巧みに口説き、まんまと「石切丸」を掠めとらせたのだ。

雲井は御徒士頭をつとめていたので、見返りに牧田を御徒士の列にくわえることができた。爾来、牧田は雲井の言いなりになった。命じられて出世に邪魔な相手を斬り、辻斬りの仕業にみせかけたこともあったという。

それから一年ののち、雲井はさらなる昇進をもくろみ、老中首座の水野忠邦に「石切丸」を献上した。それが功を奏したのか、ほどなくして職禄一千石の御徒士頭から同二千石の御旗奉行へ昇進を遂げたのである。

「……す、すべてを忘れたいとおもい……そ、それがしは所帯を持ちました」

商家出の佐保は明るく気立てのよい娘で、辛いことを忘れさせてくれた。やがて、子宝にも恵まれ、雲井との腐れ縁も切れてくれるものと期待したが、世の中はそう甘くなかった。

五年前に島流しになったはずの中込主水丞が、御赦免船で江戸へ戻ってくるというはなしが、雲井からもたらされたのである。「石切丸」のことを気づかれるわけにはいかず、雲井の命にしたがい、牧田は中込を亡き者にした。

人の道を外れた者は、所詮、天の網から逃れられない。

大目付に役替わりとなった遠山景元が、五年前の出来事を調べなおしはじめた。それと気づいた雲井から、今度は「大目付を闇討ちにせよ」との密命が下された。首尾《しゅび》よく目途《もくと》を果たしたあかつきには、旗本に取りたててやるとも言われ、そのことばを信じた。だが、大目付を斬るという大それた命を拒めなかったのは、甘言《かんげん》に乗ったからではない。

狡猾《こうかつ》な雲井は牧田が拒めぬように、妻女の佐保を御乳持に推挽した。お筆の方の局である屋島は雲井の養女ゆえ、乳さえ出れば御乳持には容易に選ばれる。屋島も養父の事情をわかったうえで、佐保を人質として二ノ丸にあがらせたのだ。

「……と、遠山さまを亡き者にすれば、佐保は返してもらえるはずでした。されど、それがしは……い、一度ならず、二度までも失敗《しくじ》った」

「まさか、そのせいで佐保どのは死なねばならなかったのか」

「……ま、まちがい……ご、ござらぬ」

今戸橋で二度目の襲撃を阻んだのは、蔵人介にほかならない。

佐保の死にまったく関わりがないとも言えなかった。

「……さ、佐保は何も知らず、御乳持になったことを喜んで……わ、童《わらべ》のように無邪気に喜んで……」

娘たちとのしばしの別れを惜しみつつ、二ノ丸へあがっていった。

「……さ、されど……そ、それがしのせいで」

悲惨な死を遂げねばならなかったのだ。

牧田は涙を流し、喋ることもままならなくなる。

「おい、しっかりせい」

肩を揺すると、薄く瞼《まぶた》を開いた。

城勤めの侍なら誰もが望むように、牧田は人並みの出世を望んだにすぎない。貧乏御家人の苦しい暮らしから、一刻も早く抜けだしたかったのだ。それゆえ、雲井の甘言に乗ってしまった。

牧田の不幸は、目の前の苦しみから逃れるべく、所帯を持ったことかもしれない。雲井から命じられるがままに汚れ役を担い、取り返しのつかないことをしたにもかかわらず、汚れた過去を消し去ろうとするかのように家族を持った。

牧田にとって、佐保と娘たちは希望の光だった。

だが、悪人に魂を売った代償は、何処かで払わねばならない。

「……さ、佐保を殺したのは……そ、それがしにござる」

牧田は押し黙り、突如、血のかたまりを吐いた。

最期の瞬間《とき》が近づいているのだろう。

蔵人介は身を寄せる。

「もうよい、黙っておれ。喋れば苦しむだけだぞ」

「……か、かまいませぬ……こ、これを……む、娘たちに」

牧田は震える手を袂に入れようとする。

だが、上手くできない。

「何かあるのか」

蔵人介は代わりに手を入れてやった。

袂から取りだしたのは、千代紙で折った二羽の折り鶴だ。

「これを、娘たちに手渡したかったのか」

牧田は涙目で小さくうなずく。

「……や、矢背さま」

「ん、どうした」

「……さ、佐保の……か、仇《かたき》を」

右手を伸ばして宙を摑み、牧田はこときれた。

蔵人介は右手を握り、胸もとへそっと戻してやる。

――ぼそっ、ぼそっ。

後ろの牡丹がひとつ、またひとつと落ちはじめた。

花弁がはらはら散るのではなく、重い花ごと落ちていく。

まるで、死出《しで》のはなむけのようだ。

雲井調所太夫は出世を望む御家人の弱味につけこみ、意のままに汚れ仕事をやらせ、用無しになると芥《あくた》も同然に使い捨てた。

「許せぬ」

牧田甚兵衛の無念はいかばかりか。

だが、それにも増して、何の罪もない佐保まで死に追いやった罪を見過ごすわけにはいかない。

「南無《なむ》……」

蔵人介は経を唱え、遺体のそばから離れていった。

何食わぬ顔で根本中堂へ向かい、昼餉の毒味をせねばなるまい。

苑から出て三橋へ戻ったころには、波立つ気持ちも鎮まっていた。

晴れわたった空には、不如帰らしき鳥が飛んでいる。

真っ赤な口で鳴く不如帰の「名告《なの》り」は、死人の魂を誘いだすともいう。

もしかしたら、あの鳥は牧田の生まれ変わりなのではあるまいか。

任せておけと、蔵人介は胸中につぶやいた。

十

七日後、二十四日は第二代将軍秀忠《ひでただ》の月命日である。

蔵人介は六文銭を握りしめ、浅草の猿若町へやってきた。

屋島が芝《しば》の増上寺《ぞうじょうじ》へ代参に詣でたのち、中村座へ芝居見物に訪れることがわかっていたからだ。

「ここまで待った甲斐《かい》がありましたな」

串部は増上寺の参拝からずっと尾《つ》けてきたので、御殿女中の一行に御広敷用人の石室左内が随行していることもたしかめていた。

「金壺眸子の大男、殿の仰った特徴どおりにござりました」

「油断はできぬぞ。柳生新陰流の手練らしいからな」

「拙者にお任せを。寸暇《すんか》の間に、丈を縮めてさしあげましょう」

串部は腰に差した無骨な黒鞘を撫《な》でまわす。

ひとたび抜けば、両刃の同田貫《どうたぬき》が鈍い光を放つにちがいない。

頼りになる従者は、臑《すね》刈りを本旨《ほんし》とする柳剛《りゅうごう》流の遣い手なのだ。

串部のほかにも、こたびはもうひとり助っ人がいる。

俎橋から駆けつけた義弟の市之進であった。

牧田が死にいたった経緯を教えてやると、顔を真っ赤にして怒りあげた。

「それがしは五年ものあいだ、ずっと騙《だま》されておりました。まさか、中込主水丞を島流しにした理由が、石切丸であったとは。牧田どのはどうしてあのとき、肚を割ってくれなんだのか。情けのうて、自分が嫌になってしまいます」

「牧田を恨むな。あやつは、おぬしのことを気に掛けていた。真実を告げられず、申し訳ないとおもっていたはずだ」

「恨んでなどおりませぬ。それがしは、人の弱味につけこんで利を得ようとする者たちが許せぬのです」

「相手がおなごでも、許せぬという気持ちは変わらぬか」

「無論にござる」

「ならば、その怒りを屋島に叩きつけよ」

市之進は口をへの字に曲げ、黙ってうなずいた。

相手が大奥の局だけに、緊張を禁じ得ぬのだろう。

いざとなれば、みずから手を下さねばなるまいと、蔵人介は覚悟を決めている。

すでに、屋島の一行は中村座の木戸を潜りぬけ、特等の二階桟敷《さじき》を占有していた。演目は荒事が見せ場の『景清』ではなく、大津絵《おおつえ》を主題にとった五変化の舞踊物。なかでも人気がある『藤娘《ふじむすめ》』のようだった。

暗転した舞台に長唄《ながうた》がひとしきり響き、かんと柝《き》がはいるや、舞台はぱっと明るくなる。観客の目に飛びこんでくるのは、目も覚めるような藤の花、枝を大きく広げた影向松《ようごうのまつ》のまえには、黒い塗笠をかぶった娘が立っていた。

紅色の着物の袂には藤の花、髪に挿すのも藤の花の簪、藤ずくめの扮装《いでたち》で踊りだすのは藤の精、演じるのは当代一の踊り手として知られる「鼻の三十郎」こと、関三十郎にほかならない。

やがて、藤娘は笠を脱ぎ、ゆらゆらと手踊りを踊りだす。義太夫狂言《ぎだゆうきょうげん》では女太夫が太棹《ふとざお》の三味線に乗せて切々と胸中を語る「口説き」の場面だが、歌舞伎舞踊に台詞はいっさいない。藤娘に主題があるとすれば、今は会えない情夫への愛おしさゆえに踊り明かす娘の心情であろうか。

三十郎の演じる踊りは変化し、藤音頭に合わせて艶《なま》めかしい酔態の振りをみせはじめる。さらに、曲調が明るく転じるや、今度は浮かれたような派手な振りで踊りだす。そうこうしているうちに、夕暮れを告げる鐘の音が鳴り、舞台はふたたび暗転する。

誰もが藤娘の踊りに魅入られていた。

屋島の贔屓《ひいき》は、鼻の三十郎なのである。

芝居がはねれば、蔵人介たちの待つ中島屋へやってくる。

三十郎をそばに侍らせ、酒食にうつつを抜かすにちがいない。

主人の豊治郎は「屋島さまはことによったら、邪魔のはいらぬ奥座敷へ案内しろとご命じになるかも」と笑っていた。

どっちにしろ、こちらは手ぐすね引いて待っておればよい。

さきほど、金四郎も顔をみせた。

正直に事情を告げると、聞かなかったことにすると言ってくれた。

御乳持と多聞殺しが証明されれば、屋島と石室左内はおろか、雲井調所太夫をも白洲《しらす》に引きずりだすことができよう。だが、殺しの確乎《かっこ》たる証拠を摑むのは難しいし、公儀としても地位の高い者たちの悪辣非道《あくらつひどう》ぶりを世間に晒したくない。

まわりくどいことをせずに引導を渡してほしいというのが、金四郎の本音なのだ。

大目付から悪人成敗の御墨付きを得たようなものだが、豊治郎や三十郎や大御所の歌右衛門を動かすには、どうしても金四郎の了解が必要だった。

「義兄上、こたびは哀れな御家人とご妻女の仇討ちでござる」

市之進が立役のごとく、目玉を剝《む》きだしてくる。

「それがしは、ようやく覚悟を決めました。心を鬼にして、存分なはたらきをしてみせねばなりますまい」

主役の三十郎に導かれ、屋島の一行が茶屋へやってきた。

地黒の打掛《うちかけ》は遠目では地味にみえるが、袂や裾には錦糸《きんし》の刺繡《ししゅう》がほどこされている。

矢羽柄《やばねがら》の着物を纏った多聞たちはみな、帯に短刀を挟んでいた。

ただし、ほとんどは芝居茶屋の外で待機を命じられ、宴席へ随伴《ずいばん》したのは屈強そうな三人だけだ。一方、金壺眸子の石室左内は離れずにしたがい、ふてぶてしい顔で末席に陣取る。

地位の高い御殿女中は芝居の金主《きんしゅ》にもなるので、精進潔斎すべき秀忠の月命日であるにもかかわらず、宴《うたげ》には贅《ぜい》を尽くした酒肴《しゅこう》が並べられた。

「何のこれしき。誰もみておらぬし、気にもせぬわ」

屋島は古強者《ふるつわもの》のごとく豪語し、三十郎に酒を注がせる。

塗りの盃を一気に干し、ご機嫌な様子で高笑いしてみせた。

「おほほ、楽しい宴じゃわい。のう、左内」
水を向けられた石室は、豊治郎に注がれて不満顔だ。
それでも、遠慮せずに盃をかたむける。
どうやら、喉が渇いていたらしい。
だが、ほどなくして、石室は立ちあがった。
急に吐き気を催し、厠へ行こうとおもったのだ。
三十郎も豊治郎も、さり気なく目を向けてほくそ笑む。
腐った夏牡蠣《なつがき》の汁を酒に混ぜておいたのが効いたのだろう。
石室は廊下に出ると、股立ちを取って駆けだした。
間に合わず、廊下の途中で端に寄り、庭石に向かって嘔吐《おうと》する。
立ったまま嘔吐を繰りかえし、どうにか吐き気もおさまった。
ふいに顔を持ちあげると、誰かが庭石の脇に立っている。
「ん、何じゃ、おぬしは」
「問答無用。ねい……っ」
気合いを発したのは、串部六郎太にまちがいない。
同田貫を一閃させるや、石室の丈が達磨《だるま》落としの要領で縮んだ。

「あれ」

強烈な痛みは、あとから襲ってくる。

叫ぼうとした途端、前のめりになった。

串部が下で抱きとめ、掌で石室の口を覆う。

「ぬぐっ、ぐぐっ」

石室左内はわずかに藻搔《もが》き、すぐに息をしなくなった。

廊下の端には、毛の生えた臑が二本とも残されている。

串部はそれを手で払いのけ、屍骸《むくろ》を肩に担ぎなおすと、庭の裏木戸から外へ出ていった。

その様子を、蔵人介と市之進は石灯籠の陰から目で追った。

あたりはまだ明るく、御殿女中の一行には城へ戻るまでの猶予が少しある。

宴席のほうへ目を向けると、今度は屋島が腹を押さえて飛びだしてきた。

市之進は目顔でうなずき、滑るように廊下へ迫る。

そのとき、屋島のあとを追って、三人の多聞たちが追いかけてきた。

蔵人介も石灯籠から離れ、影のように迫った。

「やっ、曲者《くせもの》」

叫んだ多聞に当て身を喰らわせ、残りのふたりも瞬く間に昏倒《こんとう》させた。

市之進のほうはとみれば、屋島の襟を両手で摑んで引きよせている。

「げぼっ」

屋島が吐いた。

嘔吐《おうと》物が顔に掛かっても、市之進は怯《ひる》まない。

「よっしゃ」

気合いを掛け、屋島のからだを背に負うや、廊下の端から庭石めがけて叩きつけた。

――どしゃっ。

脳天が割れたか、首の骨が折れたか、後ろからでは判別もできぬが、屋島はぴくりとも動かない。

市之進は立ちあがり、汗だくの顔で荒い息を吐いた。

「義兄上、やりましたぞ」

「ああ、派手にやりおったな」

「気持ちのよいものではありませぬ」

「わかっておる。されど、佐保どのも少しは溜飲《りゅういん》を下げてくれたにちがいない」

「そうであれば、よいのですが」

うなだれる市之進の背後から、豊治郎と三十郎があらわれた。

「鬼役さま、あとはこちらで」

豊治郎は先日とは打って変わり、男っぽい俠気をみせる。

任せておけば大丈夫だと、蔵人介は確信した。

「さて、もうひとり、奸臣が残っておりますぞ」

市之進が煽ってくる。

「どんな手で始末するのか、義兄上ならば、もうお考えのはず」

無論、段取りは決めている。

相手は伯耆流の達人、居合同士の勝負になれば、どちらに軍配があがるかは運次第かもしれなかった。

そうであるなら、寸翁が予期せぬときに勝負を仕掛けねばならぬ。

「任せておけ」

蔵人介はうそぶき、不敵な笑みを浮かべてみせた。

十一

三日後、夕。

千代田城二ノ丸の能舞台は、堅牢《けんろう》な石垣を背景にした白鳥濠に浮かんでいる。

水舞台からみて正面は公方も着座する釣殿《つりどの》だが、じつは水舞台を脇から観る桟敷のほうが美しい景観を堪能できる。水舞台の後ろには濃緑の松樹と奇岩白砂に覆われた中之島が浮かび、石垣の頂部には本丸の豪壮な三重櫓を見上げることになるからだ。

釣殿には、能の好きな家慶も着座している。

列席する重臣の筆頭は、老中首座の水野忠邦であった。

また、卯月は外様《とざま》大名が参勤交代する月でもあり、国許から江戸へ着いて挨拶を済ませたばかりの諸侯も顔を揃えている。もっとも遠いところからやってきたのは、江戸から約百八十里（約七〇六キロ）も離れた弘前《ひろさき》藩の津軽《つがる》侯であった。第十一代藩主順承《ゆきつぐ》公の纏う木賊《とくさ》色の狩衣《かりぎぬ》には、杏葉《ぎょうよう》牡丹の家紋が紅く染めぬかれていた。

もちろん、大目付の遠山景元や南町奉行の鳥居耀蔵の厳《いか》めしげな顔もみえる。

重臣たちの末席には、御旗奉行の雲井調所太夫もちょこんと座っていた。

寸翁と綽名された曲者の表情は、みるからに冴えない。

無理もなかろう、養女の屋島が代参ののちに芝居見物へおもむき、芝居茶屋で不審死を遂げたのだ。

酒に酔って廊下から足を踏み外し、不運にも庭石に頭を打ちつけたと聞いていた。さように無様で莫迦《ばか》げたはなしが信じられようかと、強い疑念を抱いてでもいるのか、時折、苦虫を嚙《か》みつぶしたような顔をする。

だいいち、防に従けた手練の石室左内が行方知れずとなっていた。

石室も死んだとなれば、ふたりが何者かに葬られた公算は大きくなる。

随従していた多聞に聞けばある程度はわかるはずだが、それとおぼしき多聞たちは早々に暇を出されていた。

あれこれ考えれば不安は募るものの、悪いはなしばかりでもない。

今朝方、水野忠邦から直々《じきじき》に「極老金二枚」の褒美《ほうび》を頂戴したのだ。

上様も長年の忠勤ぶりを褒めておられたと聞き、天にも昇る気持ちになった。

おもえば、二枚の小判を下賜《かし》してもらうべく、無理を重ねてきたようなものだ。

汚い手を使って競う相手を何人も蹴落とし、ときには牧田のごとき刺客に命じて邪魔者の命を奪わせた。五年前に闕所召上の品物から「石切丸」を掠めとったのも、出世の手蔓《てづる》に使えると踏んだからだ。

それにしても、牧田甚兵衛は高くついたなと、正直なところではおもっている。

「あやつめ」

寸翁は横に目をやり、かなり離れた前列に座る遠山をみた。

牧田が失敗《しくじ》らねば、今ごろはあそこに座っていないはずだ。

遠山が生きているかぎり、枕を高くして眠れそうになかった。

屋島が死んだ事情も、牧田の妻女を殺めさせたことに関わりがあるのかもしれぬ。

今のところは格別のお咎めもないが、芝居見物に向かったさきで不審死を遂げた屋島の行動があらためて取り沙汰されたら、養父である自分にも災いが降ってこないともかぎらない。

極老金二枚を頂戴したからといって、けっして油断はできぬ。

不安の芽は早々に摘まねばなるまいと、胸につぶやきながら、寸翁は水舞台に目を向けた。

宝生流《ほうしょう》の能役者が演じるのは『景清』である。

源平の戦いを綴《つづ》った『平家物語』には、屋島の合戦の際に「悪七兵衛《あくしちびょうえ》」の異名で呼ばれた景清が源氏の武士のかぶった兜《かぶと》の錣《しころ》を引きちぎった「錣引き」の逸話があった。これには後日譚《ごじつたん》があり、景清は捕縛されても源氏に従わず、源頼朝《よりとも》がおこなった東大寺《とうだいじ》大仏供養の日に絶食して往生を遂げたとされていた。

敗者となっても強大な敵に抗いつづける武将の反骨心は、能や歌舞伎や浄瑠璃《じょうるり》の題材となった。成田屋の十八番《おはこ》に数えられた歌舞伎の演目では、源頼朝の命を狙って捕らえられた景清が牢を破って角柱を振りまわす。そうした荒事を中心に演じられるのにたいして、能では僻邑《へきそん》に流されて盲目の物乞い法師となった晩年の切なくも悲しい逸話が主題となる。

水舞台で今まさに演じられているのは、藁屋《わらや》で老いた景清とわざわざ遠方から訪ねてきた娘の人丸《ひとまる》が再会する場面だった。

惨《みじ》めなすがたをみせまいと、最初は他人のふりをしたものの、里人に事情を聞いてふたたび訪ねてきた娘にたいし、景清は屋島の合戦で敵将の兜の錣を引きちぎった武勇譚を語ってきかせるのである。

白鳥濠は夕照を映し、紅蓮《ぐれん》に燃えあがった。

だが、絶景を目にできるのは、短いあいだのことだ。

日没ともなれば、あたり一面は急速に色を失っていく。

次第に翳《かげ》りゆく水舞台の左右に、ぼっと篝火《かがりび》が灯った。

薪能《たきぎのう》である。

観能など小莫迦にしていた寸翁までが、からだごと持っていかれるほどに引きこまれている。

炎に照らされた景清の面は凄味を増し、源氏の世に抗ってみずから目を突いた由々《ゆゆ》しき事情と相俟《あいま》って、切々と観る者の心に訴えかけてくる。やがて、漆黒《しっこく》の闇夜に幽鬼《ゆうき》のごとく浮かんだ景清は武勇譚を語り終え、長くは生きられぬ運命だからと、人丸に回向《えこう》を願うのである。

よよと泣きながら去っていく愛娘と、思い残すことはないと強がりながらも別れを惜しむ父。来し方の栄光を捨てた老侍の気概を彷彿《ほうふつ》とさせる場面では、深閑《しんかん》とする水面のうえに独特の節回しで「松門《しょうもん》の謡《うたい》」が響きわたる。まさしく、ここが聴きどころ、桟敷からは啜《すす》り泣きすら聞こえてくるほどであった。

寸翁も泣いていたのである。

いまだ人の心が残っていたのかと、自分でも妙な感慨をおぼえていた。

ちょうど、そのとき。

——ばばば。

大鳥が羽ばたいたかのような音とともに、左右の篝火が消えた。

暗転である。

何かの演出にちがいないと、家慶以下の者たちはおもったにちがいない。

しんと静まりかえるなかに、ひたひたと跫音《あしおと》だけが聞こえてきた。

水舞台と桟敷を繋ぐ細長い回廊のうえだ。

目を凝らしても、すがたはみえない。

何せ、空に月はなかった。

跫音は消え、突如、水舞台の篝火が灯った。

景清を演じる能役者は舞台上にちゃんとおり、息を乱す様子もみせず軽やかに舞いはじめる。

「松門ひとり閉ぢて……」

謡も力強く響いてきた。

まるで、時が戻ったかのようだ。

ただ、戻ることのできない出来事が桟敷の一隅で起こっていた。

眸子を瞠った寸翁が、ぴくりとも動かなくなったのだ。

すでに、屍骸と化している。

両隣に座す重臣すらも、気づくことはできなかった。
寸翁もみなと同じく、ひたひたと迫る跫音を聞いたにちがいない。
長い年月を掛けて剣術を究めただけに、人の迫る気配はわかる。
はっとして顔を持ちあげたとき、眼前に景清の面があった。
盲目の皺《しわ》だらけの面だ。
あっと声をあげる暇もなく、千枚通しのようなもので左胸を貫かれた。
心ノ臓は驚いたように収縮し、瞬時に動きを止めたのだ。
——ことり。
屍骸となった寸翁の手から、何かが落ちた。
隣に座る御槍奉行が拾ったのは、白蛇の根付である。
おおかた、景清に持たされたものであろう。
「もし、雲井どの」
御槍奉行は囁き、腕を軽く突っつく。
寸翁はゆっくり、横に倒れていった。
胸もとから熨斗目を巻いた腹のあたりまで、真っ赤な血で濡れている。
「のげっ」

仰天した御槍奉行は、腰を抜かしてしまった。

「……し、死んでおる。御旗奉行が死んでおる」

栈敷は騒然となり、釣殿の家慶は小姓《こしよう》たちに守られて退出していった。

ひとりだけ事態を呑みこんだのは、大目付の遠山であった。

水舞台のほうを振りむいたが、能役者も囃子方《はやしかた》もすがたを消しており、篝火の炎だけが夜風に激しく揺れている。

「景清め、奇怪至極《しら》なり」

今宵の趣向を報されていなかったので、さすがの遠山も戸惑いを隠せない。

もちろん、寸翁が誰に殺《や》られたかの見当はついていた。

一方、同じころ。

蔵人介は白鳥濠を背にして、本丸の御台所《おだいどころ》御門へ向かっている。

懐中から覗いているのは、あきらかに、景清の能面にほかならない。

宝生流のシテを演じたのは、久方ぶりのことだ。能を好む家慶さえも唸らせるほどの見事な景清を演じきり、しかも、舞台が暗転したわずかな間隙《かんげき》を衝《つ》き、雲井調所太夫を葬ってみせた。

目途を遂げた蔵人介であったが、もうひとつだけ難しい役目が残っている。

幼いふたりの娘を訪ね、二羽の折り鶴を手渡さねばならない。

無邪気な上の娘は、きっと喜ぶにちがいない。

だが、双親に二度と会えぬ娘の喜ぶ顔をみたくはなかった。

せめてもの救いは、遠山のはからいで、佐保の実家である摂津屋が公儀御用達のままでいられることだ。

ふたりには商家の娘として、すくすくと育ってほしい。

それだけを祈念しながら、蔵人介は笹之間へ戻っていった。

鬼追い鍾馗《しょうき》

一

禁漁の池で魚釣りをする。

それは蔵人介にとって、秘かな楽しみでもあった。

芒種《ぼうしゅ》、しとしとと雨の降るなか、溜池《ためいけ》の一角にある穴場までやってきた。

汀《みぎわ》に近いじめじめとしたところには、十薬《じゅうやく》とも称するどくだみが群生している。

土手を降りてみると、蓑笠《みのかさ》を着けた先客が汀の切り株にちょこんと座っていた。

胸の裡で溜息を吐き、邪魔をせぬように踵を返しかけたところへ、笠の内から声を掛けられた。

「もし、よろしければごいっしょに」

声の嗄《しゃが》れ具合から推すと、どこぞの隠居であろうか。

風格のある物腰は武家と考えて、まずまちがいあるまい。

「しからば」

蔵人介は笠の縁を摘んで丁寧に応じ、かたわらの切り株に腰をおろした。

素早く継ぎ竿を伸ばし、釣り針に餌の仕掛けをほどこす。

――びゅん。

竿を撓《しな》らせて糸を垂らすと、先客がおもむろに喋りかけてきた。

「狙いは雄鮒《おぶな》でござろうか」

「いかにも」

酢飯に挟んで発酵させるには、卵を孕《はら》んだ雌鮒《めぶな》ではなしに、雄鮒がよい。

「どうやら、同じお考えのご様子。溜池の鮒は琵琶《びわ》湖の源五郎鮒《げんごろうぶな》に勝るとも劣らぬ代物《しろもの》ゆえ、鮒鮨《ふなずし》にするのにちょうどよい。なぞと偉そうに蘊蓄《うんちく》を並べても、まだこれでござるよ」

先客は笑いながら、足許の魚籃《びく》を取ってみせる。

「すでに半刻《はんとき》余り」

一尾も釣れておらぬらしい。

蔵人介も微笑み、正面に向きなおる。

しばらく黙然《もくねん》と浮子《うき》をみつめ、静かな雨音に耳をかたむけた。

浮子はぴくりとも動かず、濁った水面に魚が跳ねる気配もない。

「東の空が何やら、白んできたような」

あきらめるにはまだ早いが、あきらめたほうがよいかもしれぬ。

「鮒鮨のことをおもえば、どうにも」

「あきらめきれませぬな」

「さよう。鮒鮨に代わるものが思い浮かばぬ。何か、これといったものがござろうか」

先客に問われ、蔵人介は考えた。

ふっと浮かんだのは、焼き豆腐だ。

「なるほど、焼き豆腐か、それはよい。釣りあげる手間もいりませぬしな」

無骨な豆腐を四角いまま餅網に載せ、狐色の焦げ目がつくまで焼き、上等な鰹節と山葵《わさび》で食べる。

「おっと、大根おろしを忘れてはならぬ。大根はやはり、荒れた赤土で育った辛味大根がよろしゅうござろう」

先客はよくわかっている。焼き豆腐には辛味大根を添えねばならない。

「辛味大根と申せば、蕎麦《そば》でござろう。つなぎは自然薯《じねんじょ》がよろしい」

「新川河岸の『猩々庵《しょうじょうあん》』に行けば、お誂《あつら》えの二八《にはち》蕎麦を味わえましょう」

「ほほう、呑んべえの集う新川河岸に、それほど美味い蕎麦屋があるのか。是非とも、その『猩々庵』に行ってみたいものですな」

口を尖《とが》らせてにんまりする顔をみれば、上戸《じょうご》であることはすぐにわかる。

蔵人介はうなずき、蕎麦打ち名人と評される頑固親爺《おやじ》の顔を思い浮かべた。

「『猩々庵』は、冷奴も美味うござってな」

「それよそれ。食い物番付の大関は、冷奴で決まりじゃ。歯の無い年寄りでも毎日食えるし、それなりに滋養もある。『醸肥辛甘《じょうひしんかん》は真味《しんみ》に非《あら》ず。真味は是《こ》れ只淡《ただたん》』と、ものの本にもござろう」

「洪自誠《こうじせい》の『菜根譚《さいこんたん》』ですな」

「ご名答。何やら、貴殿とは話が合う。失礼ながら、何処の御家中であられようかの」

蔵人介は身分を問われ、居ずまいを正した。

「御城勤めの幕臣にござります」

「これは御無礼。して、お役目は」

「御膳奉行を務めております」

「鬼役であられるのか」

「はい」

「これはこれは、食の達人に余計なことを喋ってしもうた。しかも、御旗本であられるとなれば、こうして肩を並べるのも憚《はばか》られ申す」

「何故にでござろうか」

「隠居の身とは申せ、それがし、御家人にござりましてな。御天守番を長らく務めておりました」

「えっ」

仰《の》け反《ぞ》ってみせると、先客は身を乗りだす。

「何故、驚かれる」

「この身は養子で、実父は御天守番を務めておりました」

こんどは、先客が驚く番だ。

「御父上のお名を、お聞かせ願えませぬか」

「叶孫兵衛にござる。ご存じでしょうか」

「お慕い申しあげたご先達《せんだつ》じゃ。幾度となく宿直もごいっしょさせていただき、貴重なおはなしの数々を伺いました。たいへん申し遅れましたが、それがし、牛尾勘《うしおかん》助《すけ》と申しまする」

ありふれた苗字《みょうじ》ではないが、耳にしたおぼえはない。もっとも、孫兵衛は幼い蔵人介にたいし、役目のことはいっさいはなさなかった。

蔵人介は年上の相手を気遣いつつ、みずからの名を口にする。

牛尾は首をかしげた。

「たしか、叶さまは御家人株を手放され、番代《ばんだい》になられたと聞いておりましたが。ご健勝《けんしょう》であられましょうかな」

「亡くなりました。もう、三年になります」

「存じあげませなんだ。まこと、口惜しいことにござります」

牛尾は顔を伏せ、押し黙った。

しばらくは会話も途切れ、浮子をみるあいだが永遠にも感じられた。

「やはり、今日は難しそうじゃ。家に帰って、焼き豆腐でも食べるとしますか」

「そのほうがよさそうですな」

「あの、ご迷惑でなければ、また何処かでお会いできましょうか」

「ええ、もちろん。父は御城勤めを辞めたあと、包丁人になりました。神楽坂上《かぐらざかうえ》に『まんさく』という小料理屋がござります。料理上手な女将が切り盛りしておりますので、よろしければ、そちらをお訪ねくだされ」

「ありがたい。しからば、お先に」

牛尾は丁寧にお辞儀をし、そそくさと土手を上っていく。

背の丸まった後ろ姿を見送りながら、孫兵衛のことを思い出していた。

ありもしない千代田城の天守を守りつづけたのち、御家人株を手放して侍を辞め、小料理屋の亭主におさまった。おようという垢抜けた女将とめでたく夫婦になり、板場で包丁を握るすがたも様になっていたのだが、来し方の呪縛《じゅばく》から逃れられず、悲運な最期を遂げた。

孫兵衛は番町《ばんちょう》の御家人長屋に住み、蔵人介を十一で養子に出すまで育てあげた。御家人の子を旗本の養子にするという夢をかなえたものの、恩義のある上役との再会をきっかけに封じこめていた記憶が呼び起こされ、侍の意地を通して逝ったのである。

「隠密《おんみつ》の意地か」

蔵人介は与《あず》り知らぬことであったが、孫兵衛は大目付配下の隠密でもあった。

役目から逃れて隠居したにもかかわらず、薩摩藩の抜け荷に絡む密事《みつじ》に巻きこまれ、還らぬ人となったのだ。

密事のからくりがあばかれると同時に、孫兵衛の隠された過去と蔵人介の出生《しゅっしょう》に関わる秘密も露見した。

薩摩と肥後の国境にあった逃散《ちょうさん》の村で、泣きもせぬ幼子が置き捨てにされていたという。孫兵衛は関所を越える偽装のために幼子を拾い、どうにか関所を越えたあと、東海道を下る道中で何度もその子を捨てようとした。が、どうしても捨てられず、自分の子として育てることに決めたのだ。

誰もいない殺伐《さつばつ》とした国境の村道で、泣きもせずに佇《たたず》んでいた幼子。

おそらく、飢えて泣く力も残されていなかったのだろう。

何度も夢にあらわれた光景は、どうやら真実であった。百姓たちに見捨てられた逃散の村で拾われた幼子は、紛れもなく、蔵人介にまちがいなかった。されども、たとえそれが真実であったとしても、孫兵衛は最期まで「実父」でありつづけた。

「父上……」

乾いていたはずの涙が溢れそうになる。

蔵人介は切り株に座り、浮子をみつめた。

「おっ」
ずんと沈んでは浮きあがってくる。
竿を握って引くと、大物の手応えがあった。
嬉々《きき》として立ちあがり、腰を反って竿をかたむける。
――ぱしゃっ。
銀鱗の鮒が跳ねた。
雄鮒にまちがいない。
と、そのとき、かたわらの藪に何者かの気配を感じた。
首を捻ってみやれば、灰色の野良犬がいる。
口に何かを咥《くわ》え、血走った眸子《まなこ》を向けてきた。
「うっ」
咥えているのは、人の手首にほかならない。
しかも、紺色に変色している。
「青い手……」
蔵人介がつぶやくと、野良犬は尻をみせ、土手の上へ駆けのぼっていった。
不吉な光景だった。

いったい、あの手は何なのか。

骨ケ原《こつがはら》とも呼ばれる小塚原《こづかっぱら》では、取り捨てよと命じられた刑死人の屍骸を浅く埋めねばならない。それゆえ、飢えた野良犬どもが屍骸の一部を掘りおこして餌にするというはなしは聞くものの、ここは異臭漂う刑場ではなかった。

藪の内を調べてみる気もせず、ふと浮子をみれば、動きが止まっている。

糸を手繰《たぐ》れば、餌だけ取り逃げされていた。

「くそっ」

蔵人介は悪態を吐き、継ぎ竿を仕舞いだす。

雄鮒を釣りあげたとしても、おそらく、池に返していたことだろう。

鮒鮨を食す気も失せた。せめてもの救いは、牛尾勘助なる隠居が陰惨な場面に遭遇しなかったことかもしれぬ。

何もみなかったことにしよう。

蔵人介は胸につぶやき、雨中の闇を睨みつけた。

二

数日経っても、野良犬の咥えていた青い手首のことが忘れられない。

あの日、悩んだあげくに藪の中へ取って返したものの、屍骸らしきものはみつけられなかった。

おもい返してみれば、手首の傷痕は鋭利な刃物で断たれたのではなく、獰猛《どうもう》な獣か何かに食いちぎられたような印象だった。妙なのは青く変色していたことだが、用人の串部に事の次第をはなすと、疑念はたちまちに解けた。

「藍瓶《あいがめ》に手を入れて布を染める紺屋《こうや》の職人ならば、肘《ひじ》からさきが青く染まりますぞ」

串部は胸を張って言いはなち、さっそく京橋《きょうばし》辺りの紺屋を当たってみるべく外へ飛び出した。

止めておけと押しとどめるべきであったかもしれぬし、余計なことに首を突っこむ柄でもないのだが、死人の怨念が憑依《ひょうい》したかのごとき野良犬の哀しげな眼差しが忘れられなかった。

鬼役に就いて以来、隠密御用で多くの者を殺めてきた。いずれも邪智奸佞《じゃちかんねい》の輩とは申せ、刀身にこびりついた血曇りを拭い去ることはできない。これも神仏に課された報いなのだと考えれば、関わらずに済ませるのも忍びなかろう。

蔵人介はあれこれ迷いながら、神楽坂の急坂を上った。

武家地裏の小径《こみち》を進み、瀟洒《しょうしゃ》な佇まいの仕舞屋《しもたや》へ向かう。

「久方ぶりだな」

そもそもは、蔵人介が馴染んでいた見世だ。

偶《たま》さか連れてきた孫兵衛が、一目で女将に惚れてしまった。

ふたりが夫婦《めおと》になったと知り、小躍りしたのをおぼえている。

孫兵衛の晩年を彩ってくれたおようには、どれだけ感謝してもしきれない。

孫兵衛亡きあと、見世を守りつづけてくれていることにも、頭を垂れたくなる。

夕暮れまで一抹の猶予はあるものの、表戸は開いていた。

敷居をまたぎ、細長い床几《しょうぎ》に沿って進む。

床几の端に置かれた花入れには、鮮やかな紫色の花菖蒲《しょうぶ》が生けてあった。

「ほう」

嘆息《たんそく》したところへ、奥から懐かしい顔が覗く。

「あっ、お殿さま、ようこそお越しくだされました」

「おようどの、息災《そくさい》にしておられたか」

「はい、痩せもせず」

「ふふ、それはなにより」

蔵人介は明樽《あきだる》に座り、おようは床几の向こうで酒肴の仕度をしはじめる。

温燗《ぬるかん》の銚釐《ちろり》といっしょに出されたのは、ちぎり蒟蒻《こんにゃく》の煮染《にし》めだった。

「代わりばえのしないものですが、どうぞ」

待ってましたと胸の裡でうなずき、煮染めを口に入れる。

あいかわらず、甘塩っぱい醬油の味が染みていて美味い。

満足げに微笑むと、おようは安堵の溜息を吐いた。

「ささ、お酌を」

酒は新川河岸の酒問屋から仕入れた下り物、盃をかたむければ、播磨《はりま》から樽廻船《たるかいせん》で運ばれた灘《なだ》の生一本《きいっぽん》であることはすぐにわかった。

遠州《えんしゅう》灘で揉まれて深みの増した諸白《もろはく》を呑み、ちぎり蒟蒻の煮染めを食う。

初めて『まんさく』へ連れてきたとき、孫兵衛は感動の余り涙ぐんでみせた。

あのときの涙に絆《ほだ》されたのかもしれませんと、おようはのちにつぶやいた。

たしか、孫兵衛の四十九日を済ませたころかとおもう。見世の存続を問うと、おようはきっぱり「つづけます」と言ってくれたのだ。竈《かまど》のほうから、香ばしい匂いが漂ってくる。

とんと平皿で出されたのは、焼き豆腐であった。上等な鰹節と山葵、それに、辛味大根のすりおろしも添えてある。

「これは」

驚いた顔をすると、おようは壁のほうに目を向けた。

鍾馗《しょうき》が小鬼を追う魔除けの護符が貼られている。

「ついせんだって、御徒町《おかちまち》のご隠居さまがお越しになり、何処かの参道でお求めになった鬼追い鍾馗の護符を置いていかれました。そのとき、お殿さまと焼き豆腐のはなしをなさったと仰って」

「さよう、溜池で偶さか出会った御仁《ごじん》でしてね、御天守番を務めておられたと伺い、縁を感じました」

「ご隠居さまも同じことを。これも何かの縁ゆえ、足繁く通っていただけるそうです」

釣果《ちょうか》もなく、小雨に濡れながら帰るしかなかったと笑いながらも、青い手首を咥えた野良犬のはなしはできなかった。

「牛尾勘助さまと仰るそうですね。ご自身を生来のひねくれ者と卑下《ひげ》しておられましたが、みるからにお優しそうなお方でした」

「ふむ、そうであろうな」

笠の内で面相はよくみていないが、はなしぶりから親しみやすい人物であることはわかった。

それにしても、何故、鬼追い鍾馗の護符を残していったのだろうか。

「物騒《ぶっそう》な世の中ゆえと仰って」

おようも小首をかしげ、曖昧《あいまい》な返事をする。

「それに、お酔いになられたせいか、気弱なことをつぶやいておられました」

「ほう、どのような」

「『家名さえ存続できれば、この身なぞどうなろうとかまわぬ。人知れず消えていく、そうした隠居でありたい』と」

「ふうむ、何か悩み事でもおありなのかな」

「わたしも心配になり、それとなく伺ってみたのです。牛尾さまは、はぐらかすように笑われ、しばらくしてお帰りに」

はなしが途切れたところへ、表口に人の息遣いが近づいてきた。

戸を開けて飛びこんできたのは、興奮で顔を赤くさせた串部である。

「殿、わかりましたぞ。京橋に万字《まんじ》屋なる紺屋がございましてな、佐平《さへい》という三十そこその職人が十日前から行方知れずに。店の連中は神隠しに遭ったにちがいないと、声をひそめております る」

蔵人介はうなずきもせず、串部の目を睨みつける。

「えっ、どうなされたのですか」

串部はようやく、不思議そうな顔のおように気づいた。

「あっ、女将さん、これはどうもご無沙汰を」

「万字屋の職人さんが、どうなされたのですか」

おようにしてはめずらしく、事情を聞きたい素振りをみせる。

「いえ、別に」

串部は口をもごもごさせ、目顔で助けを求めてきた。

蔵人介は仕方なく、溜池で目にした陰惨な光景を告げる。

およう は口をへの字に曲げた。

「さようなことがあったのですか。じつは、柳橋《やなぎばし》で芸者をやっていたころ、万字屋の旦那さまにはちょくちょく御座敷に呼んでいただきました。お見世を持つときも何かと相談に乗っていただいたので、どうしても伺いたくなって」

「なるほど、万字屋と浅からぬ関わりがあるというわけだな。されど、青い手が佐平なる職人のものとはかぎりませぬ」

「ええ、そうでないことを祈るばかりですけど」

およう は深刻な表情のまま、蔵人介の盃に酒を注ぐ。

ごくっと、串部が喉仏を上下させた。

が、おようは気づかない。

蔵人介も気づかぬふりをし、蒟蒻の煮染めを口に入れる。

串部はたまらず、腹をくうっと鳴らしてみせた。

「おぬし、妙な芸当をおぼえたな」

蔵人介は笑いながら、おようにに目配せをする。

ようやく、新しい平皿にちぎり蒟蒻の煮染めが盛りつけられた。

下り酒は銚釐ごと温燗にして、串部の鼻先へ差しだされる。

「はい、お待たせいたしました」

串部はおようの酌で諸白を呑み、ちぎり蒟蒻を美味そうに咀嚼《そしゃく》した。

「これこれ、この味、懐かしゅうて涙が出る」

「そう言えば、風の噂に聞きました。万字屋さんが長年の夢をかなえ、蜂須賀《はちすか》さまの御用達《ごようたし》になられたと」

おようの指摘に、串部がうなずく。

「ほほう、そうか。万字屋の屋号は、蜂須賀さまの左万字紋から付けたのだな」

まちがいあるまい。徳島《とくしま》の阿波《あわ》と淡路《あわじ》島を治める蜂須賀家は二十五万七千石の大藩、藩財政を支える地元の特産物は藍玉《あいだま》である。麻などを紺に染める染料は、徳島藩がほぼ独占していた。したがって、同藩の御用達ともなれば、江戸でも有数の大《おお》店《だな》と目され、黙っていても金と力が集まってくるはずであった。

金と力は人の心を狂わせる。

蜂須賀家の御用達になった紺屋と行方知れずの紺屋職人、野良犬の咥えた青い手首が紺屋職人のものならば、容易ならざる密事が裏に隠されているのではないかと疑いの目を向けたくもなる。

「こいつは臭うな」

串部も得意げに鼻をひくつかせた。

蔵人介は盃を持ち、おようの注いでくれた酒を呷《あお》る。

辛味の利いた呑み口だ。熱いものが胃の腑《ふ》に落ち、小腸《ひゃくひろ》に染みわたっていく。ひょっとすると、孫兵衛の念が何かを取りこもうとしているのだろうか。

いや、そんなはずはあるまい。

蔵人介は首を振り、つづけざまに盃をかたむけた。

三

端午《たんご》の節句には、鍾馗の人形を飾る。

千代田城内でも壇が設けられ、菖蒲兜《かぶと》や槍や薙刀などの兵仗《ひょうじょう》とともに鍾馗の人形が飾られた。湿気を防ぐために随所で蒼朮《そうじゅつ》も焚《た》かれ、諸大名に売りつける昼の弁当には柏餅と粽《ちまき》が盛りこまれる。

蔵人介は御膳奉行であるにもかかわらず、時折、弁当売りに駆りだされた。

駆りだされるというよりも、みずからすすんで諸大名や諸役人の様子を窺《うかが》いにいく。中奥《なかおく》の笹之間《ささのま》に閉じこもってばかりいても気が滅入《めい》るので、土圭之間《とけいのま》からさきの廊下をわたり、表向《おもてむき》の空気を吸いにいくのだ。

ことに五節句はめでたい日ゆえ、色とりどりの長裃《ながかみしも》や布衣《ほい》や素襖《すおう》を纏った者たちで控之間や廊下は華やいだ雰囲気になる。

蔵人介は大広間に近づき、待ちかまえていた表坊主に岡持《おかもち》を手渡した。表坊主たちが岡持に並んだ弁当を拾いあげ、あらかじめ注文を取った諸大名のもとへ運んでいくのである。

諸大名のなかには登城に馴れておらず、弁当の買い方を知らぬ殿様もあった。意地の悪い表坊主たちは、わざわざそうした殿様のそばを擦り抜け、美味そうな匂いを振りまこうとする。新参者の殿様は腹の虫を鳴らしながらも、勝手がわかるまでじっと我慢するしかない。

一国を統《す》べる大名が吹けば飛ぶような表坊主に翻弄《ほんろう》される様は滑稽《こっけい》だし、暇つぶしに眺めるにはちょうどよかった。

今日も表坊主たちの洗礼を浴びたとおぼしき若い殿様をみつけた。

蜂須賀阿波守斉裕《あわのかみなりひろ》、巣立ったばかりの鳥のように、周囲をきょろきょろみまわしている。

周囲の連中に注目されている理由は、斉裕が今年から石高二十五万七千石におよぶ大藩の藩主を継いだというだけでなく、前将軍家斉《いえなり》の二十三男にほかならず、しかも、朝廷で大きな権限を持つ関白鷹司《かんぱくたかつかさ》家の娘を正室《せいしつ》に迎えているという毛並みの良さによるものであった。

もちろん、蔵人介が目を留めたのは、蜂須賀家の御用達となった紺屋のことを調べているからだ。

「やはり、鬼役さまも気になられますか。何せ、本日は登城初日であられますからな」

背後から音もなく近づいてきたのは、蒔阿弥《まきあみ》という数寄屋《すきや》坊主であった。

組頭《くみがしら》十人のうちのひとりで、役高こそ四十俵にすぎぬものの、四十人ほどの組坊主をしたがえ、徳川家御家門の大名衆に茶を点じている。諸藩の事情に明るいため、当然のごとく実入りも多い。仕着《しきせ》を着た同朋衆《どうぼうしゅう》坊主とは一線を画し、物知り顔でいつも偉そうにしていた。

返事もせずに離れようとする蔵人介を、老獪《ろうかい》な数寄屋坊主はさりげなく呼びとめる。

「ご覧くだされ。津山《つやま》の斉民《なりたみ》公付きの表坊主があらわれましたぞ。どうやら、斉民公からお呼びが掛かったらしい。おわかりか、くふふ、かの若殿、伺候《しこう》席をまちがえておられるのですよ」

大広間には、島津、伊達《だて》、細川《ほそかわ》、黒田《くろだ》、浅野《あさの》といった外様雄藩《ゆうはん》の殿様が厳めしげに居並んでいる。蜂須賀家も二十万石超えの外様ゆえ、伺候席をまちがえるのは無理もない。ただ、家斉の血筋にある殿様は外様といえども、一段高い伺候席へ向かわねばならなかった。

「松之大廊下《まつのおおろうか》にござります」

津山藩十万石を治める斉民も前将軍の血筋ゆえに、御三家御三卿も顔を揃える大廊下裏の伺候席に侍ることができるのだ。

「斉民公と斉裕公は七つちがい、お腹さまの同じ兄者が弟君のご苦境を助けたくなられるのもわかります」

ふたりとも、落飾して皆春院《かいしゅんいん》と号したお八重《やえ》の方《かた》の子である。子だくさんゆえに「膃肭臍《おっとせい》」と揶揄《やゆ》された前将軍家斉の愛でた側室のなかでも、お八重の方はもっとも多い六男二女に恵まれた。八人はいずれも持参金付きで大名の養子になるか輿入れするかさせられたが、男子は四人が逝去し、十五男の斉民と二十三男の斉裕しか残っていない。

「二ノ丸におわす皆春院さまはおからだを壊され、ずいぶん以前から床に臥《ふ》せったままでおられます。おふたりはお見舞いのためとは申せ、大奥へご参じになるわけにもいかず、お淋しいおもいをなされておいでとお聞きしました」

蒔阿弥が喋っているあいだにも、斉裕は表坊主に導かれて廊下の向こうへ遠ざかっていく。大廊下裏の伺候席にたどりつけば、兄の斉民がふたりぶんの弁当を用意して待っているのだろう。

「斉裕公に付与された正四位上《しょうしいのじょう》という官位は、隠居に追いこまれた前藩主の斉昌《なりまさ》公より引き継いだものと伺いました。斉昌公は破格とも言うべきその官位を得んがため、礼銭名目《れいせんめいもく》として水野越前守さまに四千両もの賄賂《まいない》を贈られたとか。坊主衆のあいだでまことしやかに囁かれている噂話にござります」

斉昌は逼迫《ひっぱく》した藩財政を好転させるべく煙草《たばこ》の専売に乗りだし、百姓たちに「煙草御口銀」なる新たな租税を課した。そのため、六百人近くもの領民が隣国の伊予《いよ》国今治藩《いまばり》へ逃散し、一昨年には領内の山城谷《やましろだに》で大掛かりな一揆《いっき》も勃《お》こった。

新たな重税を課された領民の怒りは凄まじく、恐れを抱いた斉昌は一揆の首謀者を処罰できなかった。そのときの弱腰が藩士たちの反感を買い、藩主交替の大きな要因になったとも伝えられているのだが、禅譲《ぜんじょう》を渋る斉昌に引導を渡したのは、同家筆頭家老にして淡路《あわじ》国洲本《すもと》城代でもある稲田芸植《いなだすけたね》であったという。

「稲田さまは厳格なお方だそうです。されど、関白の鷹司さまが後ろ盾にならねば、容易《たやす》くことは運ばなかったに相違ない。それを証拠に、隠居なされたはずの斉昌公は稲田さまに憎悪を抱かれ、虎視眈々《こしたんたん》と藩主への復帰を狙っておられるともお聞きしました」

いったい、誰から聞いたというのだ。

蔵人介は眉に唾を付けたくなった。

そもそも、蜂須賀家が鷹司家と関わりを持ったきっかけは、第七代藩主宗英《むねてる》の墓が洛中《らくちゅう》の清浄華院《しょうじょうけいん》にあったためだという。吉野川《よしのがわ》の流域では藍の生産が盛んで、商人から徴収する運上《うんじょう》銀や冥加《みょうが》銀は藩財政の重要な柱となった。煙草や塩も合わせた実質の石高は四十万石余りとも目されており、蜂須賀家への嫁入りは鷹司家にとっても魅力あるものに映ったのであろう。

「昨年の師走《しわす》、矢背さまは御老中直々《じきじき》の御命により、蘇鉄《そてつ》之間に籠城《ろうじょう》した立花《たちばな》家の御留守居役《おるすいやく》と渡りあい、ものの見事に難事を収めてみせられましたな。機会があればお近づきになりたいと、以前より望んでおったのです。それゆえ、誰にもはなさぬような秘事を披露したのでござります。いかがでござりましょう。それがしと付きあっておけば、けっして損はさせませぬぞ」

誰かの間者かもしれぬ数寄屋坊主と、敢えて繋がりを持とうとはおもわない。

蒔阿弥は喋り足りない素振りをみせたが、蔵人介は今度こそ黙然《もくねん》とその場を離れた。

廊下を渡って戻る途中には、目付部屋や三奉行の控える芙蓉《ふよう》之間が並び、口奥へとつづく土圭之間の手前には若年寄や老中の執務部屋もある。

土圭之間そばの廊下で、老中首座の水野忠邦を見掛けた。

立ち話の相手は、勘定奉行と道中《どうちゅう》奉行を兼帯する有重内匠頭政嗣《ありしげたくみのかみまさつぐ》であろう。水野のおかげで異例の出世を遂げた大身旗本にほかならない。

おもわず足を止めたところへ、後ろから誰かに声を掛けられた。

「おい、待て」

振りむけば、苦手な相手が近づいてくる。

南町奉行、鳥居甲斐守《かいのかみ》耀蔵。

天敵とも言うべき相手であった。

「笹之間に控えておるべき鬼役が、何故、表向の廊下を歩いておるのじゃ」

咎められ、返すことばもない。

「まあよい。どうせ、昼餉の弁当でも運んでおったのであろうが」

鳥居はつまらなそうに鼻を鳴らし、廊下のさきで立ち話をするふたりに目を向けた。

「ふん、有重め。すっかり、懐刀気取《かいとう》りだな」

ひとりごとにしても、危うい台詞を口走る。

蔵人介は聞こえぬふりをし、一礼して踵を返しかけた。

「待て、はなしはまだ終わっておらぬぞ」

「はっ、どのようなご用件にござりましょうか」

「ふん、一介の鬼役ごときに命じる用件なぞないわ。ただし、おぬしに裏の顔があるなら、はなしは別じゃ」

「裏の顔にござりますか」

「惚《とぼ》けるでない。おぬしに秘された役目があることくらい、察しがついておるわ」

察しはついていても、明確には知らぬはずだ。おそらく、鎌を掛けているのだろう。

「御庭番しかり、御広敷の伊賀者《いがもの》しかり、口奥の向こうには得体の知れぬ役目を帯びた連中がおる。おぬしもそうした輩のひとりならば、いずれはわしの役にも立ってくれよう。そうおもうてな」

「何か勘違いされておられるご様子。さきほど仰せのとおり、それがしは一介の鬼役にすぎませぬ」

「ふん、食えぬ男よ。おぬしはいったい、誰のために汗を掻いておるのじゃ」

「誰のためでもありませぬ。禄を頂戴する幕臣として、日々、お勤めに励もうとしているだけにござります」

「禄を頂戴しつづけたくば、わしの心証をよくしておくことじゃ。少なくとも、あちらの御仁より、わしのほうが狡賢《ずるがしこ》いぞ。くふふ、この伏魔殿《ふくまでん》で生きのびるためには、誰よりも狡賢くあらねばならぬ。忠義や矜持《きょうじ》なんぞにこだわっておれば、たちまちに居場所を失うぞ。そのことだけは、おぼえておけ」

鳥居は猛禽《もうきん》の眸子で睨みつけ、そそくさと芙蓉之間へ戻っていく。

何の意図があって声を掛けたのか、さっぱり見当もつかず、格別に苦い薬を呑まされたような感覚しか残らない。「あちらの御仁」とは、蜜月の仲と目されてきた水野忠邦のことであろうか。

さきほどの発言が鳥居の本心ならば、世間で不評な「改革」をなりふりかまわずに推進してきた主従のあいだに、隙間風が吹きはじめたのかもしれぬ。

たとえそうだとしても、蔵人介には関わりのないはなしだ。

関わりを持ってしまえば、命取りにもなりかねまい。

「くわばら、くわばら」

蔵人介はつぶやきながら、影のように土圭之間を通りすぎた。

真剣な表情で立ち話をつづけるふたりには、まったく気づいた様子もなかった。

四

往来に散らばっているのは、洟垂《はなた》れどもの捨てた菖蒲刀《しょうぶがたな》であろうか。

端午の節句が過ぎれば、涼を売る夏の物売りが辻々にすがたをみせる。

心太《ところてん》に酸漿《ほおずき》、枇杷葉湯《びわようとう》に定斎屋《じょうさいや》、しゃぼん玉売りに金魚売り、経を唱える勧進《かんじん》僧《そう》から金比羅行人《こんぴらぎょうにん》まで、種々雑多な扮装《いでたち》の連中を市中で見掛けるようになる。夏《げ》至《し》までは鬱陶《うっとう》しい曇り空がからりと晴れることはないものの、一日ごとに蒸し暑さが増していくのだけはわかった。

蜂須賀家の御用達となった『万字屋』は、京橋の南紺屋町《みなみこんやちょう》にある。

道を挟んださきには白魚《しらうお》河岸の賑わいがみえ、京橋川には荷船も数多く行き来していた。

紺染めの太鼓暖簾が、川風に勢いよくはためいている。

敷居を目前にして、串部が喋りかけてきた。

「言い忘れましたが、主人の庄助《しょうすけ》は隻眼《せきがん》にございます」

「ふうん」

「藍玉をあつかう以前は、瀬戸内《せとうち》を往来する塩船《しおぶね》の船頭だったとか」

「船頭か」

「ひょっとしたら、阿波水軍《あわすいぐん》の末裔《まつえい》かもしれませぬな」

串部は当てずっぽうだと笑うが、存外に的を外していないような気もする。

店の敷居脇に飾られた大きな碇《いかり》や種々の船道具が、猛々《たけだけ》しい水軍のすがたを連想させたからだ。

「殿、おもしろいものがありますぞ」

串部は碇のそばまで近づいて腰を屈め、古びた拵《こしら》えの刀を手に取った。

奉公人の目がないのを確かめ、鞘から三尺ほどの本身を抜いてみせる。

「何じゃこりゃ」

ただの刀ではない。

反りが深く、峰が鋸《のこぎり》刃《ば》になっている。

「海部刀《かいふとう》だな」

蔵人介も目を光らせた。

「船具や綱を切るための得物《えもの》だ」

時化《しけ》の際には、斧の代わりに舵《かじ》を切ったりもするらしい。

「よくご存じですな。ん、何やら血腥《ちなまぐさ》い臭いがする」

串部が平地に鼻を寄せると、敷居の内から人影がのっそり近づいてきた。

「おい、そこで何をしておる」

胴間声《どうまごえ》を発したのは隻眼の男、万字屋庄助にまちがいない。

日によく焼けた強面《こわもて》の顔は、どう眺めても、ただの紺屋にみえなかった。

串部は海部刀を鞘に仕舞い、屈託《くったく》のない調子で笑いかける。

「ふはは、勝手にすまぬことをした。おもしろい刀をみつけたものでな。もしや、これは海部刀か」

「ええ、さようですが」

万字屋は警戒気味に身を寄せてきた。

「あの、どちらさまで」

串部を睨みながら不躾《ぶしつけ》な問いを発したあと、かたわらに立つ蔵人介を上から下まで眺めおろす。

「おいおい、それが天下の旗本にたいする態度か」

気色《けしき》ばむ串部を制し、蔵人介は軽く頭をさげた。

「従者の無礼を許されよ。拙者は矢背蔵人介、御城で御膳奉行を務めておる」

「えっ、公方さまのお毒味役であられますか」

「まあ、そうだ」

万字屋は驚きつつも、冷静さを装う。

「鬼役とも称されるそうで」

「ふむ」

「されど、何故、鬼役さまが紺屋なんぞへお越しに」

「おぬしのもとにおった佐平という職人を捜しておる。聞くところによれば、神隠しに遭ったとか」

万字屋はおもいきり顔をしかめた。

「神隠しなんぞと、人聞きがわるい。妙な噂を立ててもらっては困ります」

「佐平が十日余りまえに消えたのは、真実《まこと》でないと申すのか」

「いいえ、たしかに消えました。あいつめ、だいじな染めの仕事を抛《ほう》りだし、何処かに消えちまったのです。懇《ねんご》ろになった女郎《じょろう》の足抜《あしぬ》きを手伝ったとか、博奕《ばくち》の借金を払えなくなって逃げたとか、さまざまに言われておりますが、ともかく、雇う側にしたら迷惑なはなしでござります」

「なるほど、おぬしは行き先を知らぬわけだな」

「存じていたら、首根っこを摑んでても連れ帰りますよ。それにしても、お武家さまは佐平とどういう関わりがおありなので」

蔵人介は横を向き、串部に目配せを送る。

何の下打ち合わせもしておらぬのに、串部は少しも慌てずに静かな口調で応じた。

「おぬし、返答次第では、ただではおかぬぞ」

「……ど、どういうことにござりましょう」

「殿の可愛い飼い犬がな、佐平のものとおぼしき青い手首を咥えてきたのじゃ」

「まさか、ご冗談を」

万字屋は仰天するどころか、あり得ぬこととして笑い飛ばす。

「冗談ではない。手首が佐平のものだという証拠《あかし》もあるぞ」

「証拠にござりますか」

「無論、今はみせられぬ。おぬしの出方次第では、町奉行所へ訴えてもよい」

「お武家さま、いったい、何がお望みなので」

問うたそばから、万字屋ははっとする。

「少しお待ちを」

奥へ引っこみ、すぐに舞いもどってきた。

紺染めの布に包んだものを、串部の胸に押しつけてくる。

「二十両ございます。それで、飼い犬の穢《けが》れを落としてくだされ」

「ふん、侍をみくびるつもりか」

「いいえ、そのようなことは」

困りきった顔の万字屋から目を離し、串部はこちらに指示を求めてくる。

「まあ、よかろう。今日のところは許してつかわす」

蔵人介は金目当ての悪党と変わらぬ台詞を残し、万字屋から離れていった。

足早に追いかけてきた串部が、懐中に抱えた重いものを嬉しそうに揺すってみせる。

「おもわぬ実入りにございましたな。これだけあれば、柳橋の高価な茶屋で贅沢三《ざん》味《まい》ができますぞ」

「さようなことをするとおもうのか」

「いいえ、おもいませぬ」

蔵人介にぎろりと睨まれ、串部は残念そうにこぼす。

「どうせ、熨斗《のし》を付けて返せと仰せになるのでしょう」

「わかっておるではないか」

「けっ、しみったれめ」

串部の発した悪態を、蔵人介は聞きのがさない。

「何か言うたか」

「いいえ、何も。ともかく、万字屋の印象はいかがでしたか」

「佐平の手首が断たれたと聞いても、さほど驚きはせなんだな」

「あれは何か隠しておりますぞ。もしかすると、敷居脇にあった海部刀で、手首をぎこぎこやったのかもしれませぬ。ふむ、きっとそうにちがいない。あやつが佐平を殺めたのだ」

「当て推量もほどほどにな。佐平はまだ、死んだと決まったわけではないのだ」

「それにしても、万字屋庄助という男、ぷんぷん臭いますな」

気づいてみれば、芝口《しばぐち》に架かる新橋《しんばし》を渡っていた。

愛宕下《あたごした》の武家地を左手前方にみながら、右手の御濠《おほり》に沿って進む。

日没が近づいており、御濠の水面は紅蓮に染まっていた。

葵坂を上れば、溜池の端に築かれた馬場へ行きつく。

馬場の南端には、朽《く》ちかけた水番屋《みずばんや》が建っていた。

蔵人介が釣り糸を垂らしたのはもう少しさき、桐畑《きりばたけ》の手前から土手を下った辺りだ。

もちろん、串部は抜かりなく水番屋も調べている。

番人が常にいるわけではなく、数日に一度見廻りにくる程度のようだが、手首のない屍骸をみかけたというはなしは聞かなかった。

ふたりは押し黙ったまま、馬場のほうへ降りていった。

溜池も血の色に染まり、一面、燃えあがっているかにみえる。

ふと、何者かの気配を察し、蔵人介は後ろを振りかえった。

葵坂の上に、人影がひとつ佇んでいる。

「おなごにござりますな」

顔もからだも真紅《しんく》に染まり、遠すぎて表情まではわからない。

佇まいから推すと、市井の若い女であろう。

女は手にした黒い蛇の目を開き、頭のうえに差しかけた。

と同時に、大粒の雨がぱらぱら降ってくる。

暮れゆく空はいつの間にか、雨雲に覆われていた。

黒蛇の目の女はこちらをじっと見下ろし、やがて、背を向けていなくなる。

「何者でしょうね」

紺屋と関わりでもあるのだろうか。

強くなる一方の雨を避けるべく、ふたりは水番屋のなかへ逃げこんだ。

五

二日後、夕刻。

蔵人介は役目を終え、何の気無しに神楽坂上の『まんさく』を訪れた。

串部には紺屋の探索をつづけさせているので、ひとりでやってきたのだ。

すると、おようが紅潮した顔で「たった今、御納戸町の御屋敷へ使いを出したところです」と告げてくる。

床几の端には鋭い目つきの町人が座っており、置き酒で一杯飲《や》っていた。

蔵人介は眸子を細める。

「おぬしはたしか」

「へい、観音《かんのん》の辰造《たつぞう》でごぜえやす」

見世の常連でもある老練な岡っ引きだ。

襷《たすき》掛け姿のおようは、いつになく落ちつきがない。

「じつは、観音の親分さんが青い手首の持ち主をみつけたものですから」

「まことか」

驚いて顔を向けると、辰造はぺこりと頭を下げた。

「女将から青い手首のはなしを聞いておりやしたもので」

十手持ちの習性で聞きながすことができず、辰造もそれとなく青い手首の持ち主を捜していたのだという。

蔵人介が床几に座ると、おようが酒肴の仕度をしはじめた。

「みつけたのは屍骸《むくろ》か」

蔵人介の指摘に、辰造は顔を曇らせる。

「へい、残念ながら」

溜池の水番屋で屍骸をみつけたと聞けば、首をかしげざるを得ない。

「あそこの水番屋なら、一昨日の夕方に雨宿りをしたがな」

それ以前にも串部が小屋のなかを捜しているし、異臭もふくめて屍骸の放置された形跡はなかった。

「床下に隠してありやした」

辰造が屍骸をみつけたのは、今朝方であった。

水番屋を探すきっかけは、牛尾勘助の何気ない台詞が耳に焼きついていたからだという。

蔵人介は眉間に皺を寄せ、おように向きなおる。

「牛尾どのが来られたのですか」

「昨夜、ふらりとお越しになり、親分とお酒を酌みかわされ、ほろ酔いかげんで仰ったのです。『溜池の水番屋から魚の腐ったような臭いがした』と」

おようは青い手首のはなしをしたおぼえもなかったので、牛尾がどうしてそんなことを口走るのか、よくわからなかった。

「でも、何となく胸騒ぎがして」

「あっしも女将と同じ気持ちで。牛尾さまがお帰りになったあとも、しばらくは気になって仕方なかった。とはいえ、夜も更けちまっていたんで、水番屋へ向かう気にはなれず」

ひと晩ぐっすり眠れば忘れられるとおもったが、眠りも浅かったし、牛尾の台詞が耳から離れなかった。それゆえ、起きてからもしばらく迷ったあげく、ひとりで溜池へ向かったのだという。

「霧が深くて、往生しやした」

辰造は深い霧を漕ぐように進み、どうにか水番屋へたどりついた。

丸木の扉を開いて踏みこんだ途端、異臭に顔をしかめたのだ。

「床板の裂け目から覗くと、ほとけの顔がみえました」

ぎょっとして腰を抜かしかけたが、屍骸の面相にはみおぼえがあった。

「死んでから、いくらも経っていなかった。たぶん、一日前までは生きていたにちげえねえ。そう、おもいやした」

辰造は勇気を奮いおこし、床板を引っぺがした。

そして、屍骸には手を触れず、愛宕下の番所へ駆けこんだ。

蔵人介は身を乗りだす。

「手首は」

「右の手首を失っておりやした」

鋸で引いたような傷口だったと知り、紺屋の敷居脇でみつけた海部刀をおもいだす。

「佐平と申す万字屋の職人だったのか」

「まあ、そうにはそうなんですが、ちょいと入りくんだ事情があったみてえで。じつは、そのほとけ、沢地安兵衛《さわちやすべえ》さまと仰る隠密廻《おんみつまわ》りの旦那でやした」

「ん、まことか」

「へい、あのほとけ、鳥居甲斐守さま子飼いの旦那にまちげえねえ」

「何だと」

隠密廻りは町奉行から直々に密命を受け、狙った相手の周囲を探索する。素姓がばれたら元も子もないので、町奉行所の同僚であっても顔を知らぬ者は多いらしい。

「あっしは古株なもんで、偶《たま》さか存じておりやした。どうやら、沢地さまは紺屋職人になりすまし、万字屋を探っていたらしいので」

いったい、万字屋の何を探っていたのであろうか。

そのあたりは、鳥居耀蔵に聞けばわかるのだろう。

だが、正直なところ、聞く気もないし、関わりたくもなかった。

「ほとけが沢地さまだってはなしは、誰にもしちゃおりやせん。案《あん》の定《じょう》、沢地さまは無縁仏として葬られることになりそうです」

沢地の素姓があきらかになれば、鳥居にとって都合がわるいのだろう。

もしそうなら、素姓を知った者にも危害がおよびかねない。

辰造は長年の勘で、危ういと察したのだ。

「何せ、相手は鳥居さまでやすからね、あっしのような者は小指ひとつで弾かれてしめえやす。だからといって、秘密を抱えておくのも心苦しく、どうにも我慢できそうにねえ」

あれこれ悩んだすえ、およように相談して蔵人介を頼ることにしたという。

自分がきっかけをつくったようなものなので、もちろん、辰造を突きはなすわけにはいかなかった。

蔵人介は天井をみつめ、激しい雨が降っていた一昨日の経緯を反芻《はんすう》してみる。

水番屋の床下に屍骸があったとしても、異臭を嗅がなかったはずはない。

やはり、隠密廻りの屍骸は、昨日のうちに運びこまれたのであろう。

しかも、運びこまれた時点では、まだ息があったのかもしれない。

いったい誰が、何処から水番屋に運びこんだのか。

そもそも、右手首を断ったのは誰なのか。

「どういうおつもりか、水番屋のことを口にされたのは牛尾さまだ。あの台詞さえ聞かなかったら、ほとけをみつけることもなかった」

今となってみれば、辰造はみつけたことを後悔しているようだった。

蔵人介は壁に向かい、鬼追い鍾馗の護符を睨みつける。

牛尾は孫兵衛と同じ天守番を長く務め、宿直も何度かともに過ごした。漏らした台詞に深い意味はなく、溜池に釣りをしにいき、偶さか水番屋に近づいただけかもしれなかった。

ただ、孫兵衛は一介の天守番ではなかった。

御庭番の配下として、一時は諸国を経巡《へめぐ》り、諸藩の動向を探っていたのだ。

牛尾勘助なる人物も、隠密でないとは言いきれない。

「いや」

蔵人介は首を振った。

やはり、考えすぎかもしれぬ。

おようが身を寄せ、温燗の諸白を盃に注いでくれた。

「呑んで忘れられるんだったら、いくらでも呑むんでやすがね」

辰造は皮肉めいた口調で言い、尖らせた口許へ盃を近づける。

むぎゅっと齧《かじ》りついたのは、黒みがかった紫紺《しこん》色の茄子《なす》だ。

浅漬けであろう。

「お殿さまもどうぞ」

平皿で丸のまま出された茄子は、洛中で食したことのある山科《やましな》茄子に似ている。山科茄子は中くらいの卵形で、皮は薄く肉質はやわらかい。手で裂いて齧ってみると、歯切れがよく、種もなかった。

「美味いな」

「それはよろしゅうございました」

洛中から取り寄せた代物のはずはない。駒込《こまごめ》か千住《せんじゅ》あたりで採れた偽物だろう。

だが、およはたぶん、味も形も山科茄子に似ていることを知っている。

しばらくすると、同じ茄子を丸炊きに煮たものが出された。

見掛けは小振りの挑燈《ちょうちん》である。鰊《にしん》と相性のよい代物だが、時季外れゆえに、おろし生姜《しょうが》に醬油をたらした薬味で食す。

これがまた美味い。はふはふさせた口から、湯気が漏れた。

およの肴には、鬱々《うつうつ》とした気分を忘れさせる効能がある。

「ささ、もうおひとつ」

蔵人介は下り酒を舐め、牛尾勘助の顔をおもいだそうとした。

きちんとみたこともないので、おもいだすはずはない。

苦笑しながら、鬼追い鍾馗の護符を睨みつける。

はたして味方なのか、それとも敵なのか。

追われる鬼とは、自分のことではないのか。

蔵人介はあれこれ考えながら、浅漬けの茄子に手を伸ばした。

六

翌夕、蔵人介は日比谷御門そばの桜田御用屋敷に呼びつけられた。

書院造りの床の間がある部屋には、白檀と香煎の入りまじった香りが漂っている。

下座から中庭を眺めれば小雨がぱらついており、一面に敷きつめられた濡れ苔《ごけ》のうえには、青紫の紫陽花《あじさい》や臙脂《えんじ》の石榴《ざくろ》が開花していた。それらの花々も日没とともに色を失い、やがては捉えがたい薄闇の一部と化してしまう。

「鬱陶しい梅雨闇《つゆやみ》じゃな」

上座の如心尼は侍女の里に目配せをし、黒漆塗りの蓋に葵紋の描かれた文筥を運んでこさせた。

「十日ばかりまえ、目安箱に投じられた訴状じゃ」

蓋を開ければ、書状が一枚置かれている。

「遠慮はいらぬ。読んでたも」

と、如心尼は固い口調で言った。

蔵人介は渋い顔をつくり、開いた奉書紙《ほうしょがみ》に目を通す。

――勘定奉行有重内匠頭政嗣は佞臣《ねいしん》にござ候。ひとつ、蜂須賀阿波守斉昌の官位授与を取りきめしこと。ひとつ、当主交替にともなう御家騒動の隠蔽《いんぺい》をはかりしこと。右の謀事《はかりごと》に関わる賄賂は、同家中老《ちゅうろう》の皆川内膳《みながわないぜん》ならびに御用達の万字屋庄助が抜け荷によって得た金品の一部であること。畏れながら、右お調べのうえ佞臣をご成敗いただきたき候の段、伏してお願い奉りまする。

差出人の記載はない。本来であれば、破棄されるべき訴状であった。

「なれど、事があまりに仔細《しさい》ゆえ、看過できぬ次第と、勘一郎《かんいちろう》が申すものでな」

「勘一郎」

「おう、そうじゃ。おぬしにはまだ、引きあわせておらなんだな」

如心尼に命じられるまでもなく、里がすっと立ちあがって部屋から消えた。

ほどなくして、色白のほっそりした若侍が部屋にはいってくる。

若侍は遠慮がちに下座へまわり、蔵人介の真横に座って平伏す。

「仲間内じゃ。堅苦しい挨拶は抜きにせよ。その者は馬淵《まぶち》勘一郎、おぬしと同様、御家人の伜《せがれ》であったが、運よく旗本の養子となった。湯島《ゆしま》の昌平黌《しょうへいこう》では並びなき優れ者との評判を取り、おのれの力で奥右筆《おくゆうひつ》に昇進を遂げたのじゃ。理《ことわり》をまげぬ堅物《かたぶつ》ではあるが、誰よりも忠義は厚い。姉小路さまが目をかけられてな、近頃は目安箱の訴状も秘かに仕分けさせておる。もちろん、わらわも信を置く者ゆえ、おぬしに引きあわせることにしたのじゃ」

危ういはなしだ。如心尼の立場や蔵人介の役目を承知しているとすれば、けっして油断はできない。

「何かあったら相談に乗るゆえ、遠慮のう申してみよと伝えておいたのじゃ。勘一郎はそれゆえ、内々に訴状を持ちこみ、破棄するには忍びない内容ゆえ、上様にお みせするまえにお目通し願えぬかと、わらわに縋《すが》ってきおった」

一介の奥右筆にそこまで心を許してよいのだろうかと、蔵人介は首をかしげざるを得ない。

不審げな様子を素早く察し、如心尼は言い訳がましく説きはじめた。

「勘一郎はな、一歩も退かぬ覚悟でここにまいったのじゃ。わらわは心を動かされた。必死の志をくんでやらねばなるまいとおもうたのじゃ。今さら申すまでもないが、奥右筆は事と次第によっては政《まつりごと》の判断を左右しかねぬたいせつなお役目じゃ。不忠の者が上様のお側《そば》近くで幅を利かせれば、徳川の世は立ちゆかなくなろう。それゆえ、常のように目配りができるよう、私欲を捨ててご奉仕できる硬骨漢《こうこつかん》を配さねばならぬ。以前より、適材となる者を捜しておったのじゃ。わかってくれようか」

わかるも何も、蔵人介に抗う力はない。

「ところで、勘一郎よ。この者が誰かわかるか」

如心尼に水を向けられ、馬淵勘一郎は困惑する。

「御無礼ながら、わかりかねまする」

「無理もあるまいか。そなたは終日、お役目部屋に籠《こ》もっておるのだからな。この者の素姓が知りたければ教えてもよいが、どういたす。存外に近くにおる者ぞ」

「伺ったところで、お役目の益にはならぬかと」

さすがに賢い。蔵人介に与えられるであろう密命を理解しているのだ。

「ふふ、知らぬが仏ということか。なるほど、そのほうがおたがいのためかもしれぬ。されば、無駄足を踏ませたことになるが、許してくれるか」

「畏れ多いことにござります。されば、それがしはこれにて」

「ふむ」

馬淵は里に導かれ、早々に部屋から去った。

猫背気味の後ろ姿にみおぼえがあるようにおもったが、気のせいだろう。

如心尼は身を乗りだし、不敵な笑みをかたむけてくる。

「さて、どうおもう。じつを申せば、あの者の人品骨柄《じんぴんこつがら》を、おぬしに見定めてもらおうとおもうたのじゃ」

蔵人介は戸惑いもせず、正直な気持ちを伝えた。

「危ういと感じました」

「ほう、どのあたりが」

「生真面目《きまじめ》すぎるところでござりましょうか」

「なるほどの、やはり、重責を負わせるのは難しいか。賢いだけでなく、物事の善悪もわきまえておる。姉小路さまも内々に推挙なされた。わらわも会うてみて、使いものになると踏んだのじゃがな」

如何《いかん》せん、経験が浅すぎる。一端であっても目安箱の管理を任せるのは、時期尚早なのではあるまいか。

ただし、すべては如心尼が決めることだ。

公方の側近くに、手懐《てなず》けた配下を置いておきたい気持ちもわからぬではない。奥右筆が上手く機能すれば、これまで見逃されていた悪事不正がより多く露見することも確かなのである。

「ところで、訴状のことはどうおもう」

さりげなく質《ただ》され、蔵人介は面食らった。

書面に「蜂須賀」という家名を目にした瞬間、青い手首を啣えた野良犬の絵が頭に浮かんだ。しかも、訴状の差出人が糾弾《きゅうだん》しているのは、勘定奉行の有重内匠頭にほかならない。城内で水野忠邦と立ち話をしていた人物の顔も、溜池でみた野良犬の顔とともに甦ってきた。

あのとき、有重に向かって「すっかり、懐刀気取りだな」と吐きすてたのは、南町奉行の鳥居耀蔵であった。

訴状の内容からして、鳥居も関わっているような気がしてならない。

「どうした、黙《だんま》りか」

如心尼は上目遣《うわめづか》いにみつめ、ふいに声色を変えて和歌を詠みはじめる。

「宇治川《うじがわ》の水泡《みなわ》さかまき行く水の、事《こと》かへらずぞおもひ染めてし……おぬしにわかろうか」

「柿本人麻呂《かきのもとのひとまろ》、『万葉集《まんようしゅう》』にござりましょうか」

「さよう。逆巻く宇治川のごとく、焦がれる恋情は後戻りできぬという歌じゃ。里、みなにあれを持ってこさせよ」

「はい、御屋形さま」

しばらく待っていると、数人の侍女が六曲一双《ろつきよくいつそう》の屏風《びようぶ》絵を運びこんできた。襖を背にして左右に開いた途端、煌《きら》めく光芒《こうぼう》が両眼に刺さってくる。

大半に金箔のほどこされた金屏風であった。

「まんなかに太鼓橋、左右には風に靡《なび》く柳、左下には水車と蛇籠《じやかご》。長谷川等伯《はせがわとうはく》の描いた宇治川の柳橋《りゆうきよう》水車図屏風じゃ。とある者がその金屏風に人麻呂の歌を添え、わらわのもとへ贈ってきおった」

蔵人介は、ぎろりと眸子を剝いた。

「とある者とは」

「ふふ、聞きたかろう。それはな、勘定奉行の有重内匠頭じゃ」

何と、訴状に記された「佞臣」にほかならない。

「日頃から親しくもしておらぬのに、何故、かようなものを贈ってきたのか。しかも、里に調べさせると、その金屏風、蜂須賀家伝来の宝物らしい」

「蜂須賀家の宝物でござりますか」

「おおかた、賄賂とともに有重が貰ったものであろう。それを、こちらが知らぬとおもい、贈りつけてきおったのじゃ」

如心尼は里に命じ、蜂須賀家で抜け荷に関わっているとおぼしき重臣のことも調べさせていた。

「訴状にも記されておろう。皆川内膳なる中老じゃ。重さで三十貫目（約一一三キロ）はあろうかというほどの巨漢でな、美髭《びし》の持ち主であるがゆえに、家中の者たちから『髭の内膳』と綽名されておるらしい」

――髭の内膳。

綽名にされるほどの美髯といい、重さ三十貫目の体軀といい、まるで、護符に描かれた鬼追い鍾馗ではないか。

「わらわはな、訴状にあるとおり、髭の内膳が有重内匠頭と裏で通じておるのではないかと疑っておる。それにしても、内匠頭は何故、かようなものを贈りつけてきおったのか。おぬしは、どうおもう」

「はて」

考えられるのは、密命を下す如心尼の役割を把握しているということだ。目安箱にさきほどの訴状が届けられたことを察知し、さきまわりして身の保全をはかろうとしたのではなかろうか。

如心尼に格別な繫がりがないとすれば、それ以外の理由はおもいつかない。

「危ういかのう」

それだけは、まちがいなかろう。

金屛風を貰ってしまえば悪事に加担することにもなろうし、熨斗を付けて突きかえせば得体の知れぬ連中が強硬手段におよばぬともかぎらない。どちらを選ぶのかを見定めるために贈ったとも考えられ、いずれにしろ、巧妙で油断のならぬ相手とみるべきであった。

「急ぎ、蜂須賀家の内情と内匠頭との関わりを探ってみよ。訴状にあるとおり、看過できぬ悪事が露見したときは、遠慮などいらぬ、邪智奸佞《じゃちかんねい》の輩どもを成敗せよ。屹度《きっと》、申しつけたぞ」

「はっ」

蔵人介は平伏した。

こんなふうに密命が下されるのを、何者かが予測していたのではないか。

あまりに大きな偶然が重なりすぎて、そうとでも考えねば筋が通らない。

そもそもは、溜池の汀で青い手首を咥えた野良犬をみつけたところからはじまった。御用達の紺屋を調べることで蜂須賀家に目が向き、一方、城内では幕閣重臣たちの微妙な関わりを知った。岡っ引きがみつけた屍骸は青い手首の持ち主にほぼまちがいなく、しかも、素姓は南町奉行直属の隠密廻りであった。

とどのつまりは、こうして桜田御用屋敷に呼びつけられ、幕府の勘定奉行と蜂須賀家の重臣が絡んでいるのであろう悪事を探索せよと命じられた。

やはり、妙だ。

予期せぬ何者かによって、地獄の淵まで導かれているのではなかろうか。

蔵人介は正直なところ、胸に渦巻く不穏なおもいをあつかいかねていた。

七

桜田御用屋敷を出ると、門前で待っていた串部が蛇の目を差しかけてくれた。

「殿、ごくろうさまにござりまする」

「ふむ」

ふたりは肩を並べ、半蔵《はんぞう》御門に向かって御濠沿いの土手道を歩きはじめた。

「いかがでござりましたか」

「蜂須賀家を探らねばならぬ」

「えっ、まことで」

家宝の金屏風をみせられたはなしをすると、串部は大きくうなずいた。

「何やら、妙な出来事が都合よく繋がりすぎておりますな」

「こちらの動きが敵に読まれているような気もする」

「うっかり深追いすれば、敵の罠《わな》に嵌まるやもしれませぬぞ」

そうした会話を交わしながらも、敵とはいったい誰なのか、蔵人介には明確にわかってはいない。

「紺屋のほうはどうだ」

「万字屋め、蜂須賀家の重臣と毎晩のように会っております。たいていは、中屋敷のある目黒《めぐろ》の料理茶屋で。重臣というのはお察しのとおり、顎髭を生やした巨漢にござる」

「皆川内膳と申す男か」

悪党ふたりが膝を突きあわせ、不穏な企みの相談をしているのだろう。

「まちがいなく、抜け荷に手を染めておりましょう。何せ、万字屋は千石船《せんごくぶね》を持っておりますからな。京橋の見世には、よからぬ連中も出入りしているようで」

何食わぬ顔で真っ当な紺屋を装いつつも、本業は国許から藍玉を運ぶ廻船問屋であるという。自前の千石船で沖へ漕ぎだし、唐船《からぶね》相手にご禁制の品々を売り買いしているということも充分にあり得よう。

「瀬戸内の海賊には、いまだに鼻殺《そ》ぎ耳殺ぎの戒律を守る連中もあるとか。成敗した敵は鼻を殺ぎ、手痛い失態をやらかした者は耳を殺ぐ。そして、仲間を裏切った者は右手首を断たれるとも聞きました」

「ほう」

さすがに、そのような戒律があることまでは知らなかった。

「佐平は仲間を裏切った。もしくは、抜け荷を探る隠密と疑われて捕まり、厳しい責め苦を受けたと考えるべきでしょうな」

佐平こと沢地安兵衛は陰惨な責め苦に耐えかね、敵が懸念せざるを得ない内容を喋ったのかもしれぬ。

「それは何ですか」

「目安箱に訴状を投じたことだ」

「なるほど、訴状を投じたのは、鳥居の意を受けた隠密廻りであったと」

少なくとも建前上、目安箱の訴状は公方しか目を通さぬ定めゆえ、身分の高い誰かに訴えを握りつぶされる恐れはない。一方、敵にしてみれば、訴状の中身が気になるところだ。もし、自分の名が記されていたならば、公方の意志次第で窮地に陥りかねないからである。

串部はいつものように、勝手な筋読みをはじめた。

「沢地安兵衛はまんがいちのことを考え、目安箱に訴状を投げいれた。ただし、町奉行の鳥居に迷惑がかからぬよう、差出人の名は明記しなかった。あるいは明記せぬよう、鳥居に命じられていたのかもしれませぬ」

沢地は敵に捕まり、何日も責め苦を受けつづけ、鳥居配下の隠密であることや目安箱に訴状を投じたことを喋った。それを知った敵は、先まわりして手を打たねばならなくなり、如心尼に金屏風を贈るなどして歓心を買おうとした。

「そんなところでしょうか。されど、藩ぐるみの抜け荷であれば、町奉行の手には負えぬ。探索すべきは大目付のような気もいたしますが、そもそも、鳥居の目途は何だったのでしょう」

蔵人介もずっとそのことを考えていた。

有重内匠頭はいまや、水野越前守の右腕と自他ともにみとめる人物である。嫉妬《しっと》を抱いた鳥居が有重を追いおとす機会を狙っているのは確かで、蜂須賀家重臣との癒着《ゆちゃく》は目途を遂げるための恰好の材料と映ったにちがいない。

だが、鳥居の狙いは有重ひとりではないのかもしれぬ。

明言はできぬが、蜂須賀家重臣と裏で通じているのは、有重だけではなかろう。有重を仲立ちにして、水野本人にも多額の賄賂が渡ったことは想像に難くない。その賄賂が抜け荷で得た利益の一部だと証明できれば、いかに幕政の舵を握る水野とて無事では済まぬ。

「つまり、鳥居はいざとなれば、飼い主であるはずの水野さまを陥れるつもりであろうと、そう、殿はお考えなのですか」

狷介《けんかい》で狡賢く、裏切りや寝返りはあたりまえ、ときには真実をねじ曲げてでも、狙った相手を罪人に仕立てあげようとする。鳥居耀蔵ならば、やりかねないことだ。

蔵人介は重い足を引きずりながら、城内で交わされた会話をおもいだしていた。

鳥居は「この伏魔殿で生きのびるためには、誰よりも狡賢くあらねばならぬ」とうそぶき、水野に敵意の籠もった眼差しを向けたのだ。

あのとき、唐突にはなしかけてきたのも、今にしておもえば明確な理由があったからかもしれぬ。

やはり、鳥居は目安箱のことを知っていたのだ。

危うくなったら匿名《とくめい》で訴状を投げいれろと、配下の沢地安兵衛に命じていた公算は大きい。

悪事を裁く大儀《たいぎ》のためにではなく、みずからの保身のために配下を犠牲にした。

そうであったとすれば、鳥居耀蔵のごとき卑劣漢こそ、まっさきに成敗すべきかもしれぬ。

蔵人介は、ぎりっと奥歯を噛みしめた。

手を下さぬのは、一時の激情に流されたくないためだ。

悪党とわかっていても、人を斬るのは容易なことではない。

「くそっ、鬱陶しい雨だな」

串部は夜空を睨み、悪態を吐いた。

右手には暗い水面が沈み、左手には大名屋敷の海鼠塀《なまこべい》がつづいている。

あいかわらず、雨は降りやむ様子もない。

皀角河岸《さいかち》の途中で、串部は足を止めた。

「殿、今宵も万字屋を見張ろうかと」

「ふむ、そうしてくれ」

「はっ。されば、最後にもうひとつ。こちらの動きが敵に読まれているようだと、殿は仰いましたな。目安箱の訴状が取りあげられたあかつきには、桜田御用屋敷の主人から鬼役に密命が下される。右の流れは極秘中の極秘にござります。よほど優れた隠密でなければ、嗅ぎつけることはできぬはず。四国《しこく》の田舎大名にすぎぬ蜂須賀家がはたして、それほどの隠密を抱えておりましょうか」

「おるとしても、蜂須賀家のほうではあるまい」

「と、仰ると」

「勘定所の普請役には、蝦夷《えぞ》から薩摩にまで散らばって探索をおこなう隠密たちがおろう」

「名の知られたところでは、蝦夷で活躍なされた間宮林蔵《まみやりんぞう》さまがおられますな。そうかなるほど、有重内匠頭の配下ならば、優れた隠密がおるやもしれませぬ」

串部は納得したように踵を返し、京橋へ向かうべく来た道を駆け戻っていった。

蔵人介は手に残された蛇の目を差し、ふたたび、重い足取りで歩きはじめる。

すると、半蔵御門の手前から、緩《ゆる》やかな坂道を降りてくる者があった。

いつぞやの女だ。

黒蛇の目で顔を隠しており、妖しげな紅唇だけが挑燈の炎に照らされている。

女の背後には、人影が蠢《うごめ》いていた。

ひとりやふたりではない。

蔵人介は蛇の目を抛り、じっと身構えた。

「ひょう」

獣のような雄叫《おたけ》びとともに、人影が突進してくる。

どうやら、待ちぶせをはかられていたようだ。

土手下からも、むくむくと這《は》いあがってきた。

ざっと数えても、二十ばかりはいようか。

身のこなしの素早い、忍びのような連中である。

「死ね」

総髪《そうはつ》の男が宙に飛び、長さ三尺におよぶ刃物を突きだす。

蔵人介は造作《ぞうさ》もなく躱《かわ》し、男の喉仏めがけて拳を当てた。

「ぐえっ」

倒れた男を飛びこえ、ふたりが同時に躍りかかってくる。

蔵人介は身を屈め、喉仏を潰した男の得物《えもの》を拾いあげた。

「ふん」

鈍く光った刃が、瞬時に左右の闇を裂く。

「ぎゃああ」

凄まじい悲鳴とともに、人影が土手下に転がっていった。

ふたりの男が失ったのは、右手首にほかならない。

蔵人介は八相に構えなおし、血塗れた刀身を睨んだ。

峰が鋸状になっている。

「海部刀か」

賊どもの正体はわかった。

万字屋庄助の手下にまちがいなかろう。

いかに獰猛な海賊でも、鬼役に抗う術《すべ》はない。

束になってかかったところで、指一本触れることすらできなかった。

気づいてみれば、皀角河岸の土手道には右手首が十余りも転がっている。

ようやく歯が立たぬと悟ったのか、残りの連中は後退りしながら闇の向こうへ消えてしまった。

束ね役とおぼしき女は、疾《と》うに居なくなっている。

蔵人介は海部刀を抛り、歩きだそうとして踏みとどまった。

後方の土手から、蓑笠を着けた人物が近づいてきたのだ。

眸子を皿にせずとも、誰かはすぐにわかる。

対峙した相手は、釣り竿を肩に担いだ老侍であった。

八

雨は勢いを増し、蔵人介は濡れ鼠のまま佇んでいた。

老侍は笠の縁を持ちあげ、にやりと微笑んでみせる。

「また、お会いしましたな」

「牛尾勘助どのか」

「いかにも」

牛尾は眸子を細め、道に転がった手首を数えはじめる。

「ひい、ふう、みい、よ……ほほ、これは困った。手首塚でも築き、供養してさしあげねばならぬ」

「土手下に隠れておったのか」

「密命を帯びた鬼役の力量、とくと拝見いたしましたぞ」

「最初から、こちらの素姓を知って近づいたと」

「まあ、そんなところでござる」

「目途は」

「命乞いでござるよ」

牛尾は左右の膝を折り、泥濘《ぬかるみ》と化した道端に、ばしゃっと両手をつく。

「このとおり、伏してお願いたてまつります。わが主人《あるじ》の命を奪わんでもらいたい」

「戯《ざ》れておるのか」

「いいえ、いたって真剣でござるよ」

牛尾は立ちあがり、手に付いた泥を払い落とす。

蔵人介は雨粒を呑みながら、瞬きもせずに睨みつけた。

「主人とは誰だ。勘定奉行、有重内匠頭さまのことか」

「何でもおわかりのようですな。それがしは、ご覧のとおりの老い耄《ぼ》れではござるが、有重さまの命で今も隠密働きをしております。目安箱に投じられた訴状が取りあげられたならば、桜田御用屋敷の主人から刺客に密命が下される。右の手順は予想の範疇《はんちゅう》でござりましたが、肝心の刺客が誰なのか、そこだけが長らく判然といたしませなんだ。されど、こたびの経緯で確信を得ました。鬼役の矢背蔵人介以外に、上様直々の密命を帯びた刺客はおらぬと。そして、鬼役にひとたび狙われたら最後、助かる術は万にひとつもあるまいと、さように」

どのような理由があろうとも、裏の顔を知った者は命を奪わねばならぬ。それが過酷な密命を果たさねばならぬ刺客に課された鉄則でもあった。

蔵人介は殺気を帯びつつ、なおも問いを繰りだす。

「黒い蛇の目の女は何者だ」

「名は紫蘭《しらん》、万字屋が唐人《とうじん》から買った養女にござります」

「異国のおなごか」

「今は皆川内膳の情婦でもありますがな。不幸な生いたちゆえか、残忍なおなごに成りはてました。佐平の手首を断ったのは、紫蘭にござります。血濡れた海部刀を陶然《とうぜん》とした顔で握り、泣き叫ぶ相手の顔を空虚《うつろ》な目で眺めておりました」

「その場におったのか」

「はい」

佐平こと沢地安兵衛は酷《ひど》い責め苦を受け、鳥居の隠密廻りであることを吐いた。

だが、鳥居甲斐守の命で目安箱に訴状を投じたことは黙っていたという。

「隠密の意地かもしれませぬ。沢地は手首を断たれても、鳥居さまが切り札と考えた目安箱のことだけは喋らなかった。海賊どもも素姓さえわかればよかったのでしょう。沢地安兵衛は殺される運命にありましたが、それがし身柄を貰いうけ、何日か看病いたしました。同じ隠密の誼《よしみ》で、助けてやりたくなったのでござります」

数日経って、沢地はどうにか口をきけるようになり、牛尾だけに目安箱に訴状を投じたはなしを漏らした。

「即座に、鳥居さまの意図を察しました。有重さまの罪状をでっちあげ、追い落としをはかるつもりなのだと。目安箱への訴えは捨て身の方法とも言えましょうが、運よく取りあげられたあかつきには、まちがいなく目途を果たすことができる。鳥居さまは、そのことをご存じだった。千代田城の暗闇には、上様の意を汲んだ死に神のごとき刺客が潜んでいる。ひとたび訴状が取りあげられれば、死に神は秘かに動きだす。そして、かならず目途を遂げる。鳥居さまはそのことをご存じだったがゆえに、沢地に命じて訴状を書かせたのでござります」

こちらの反応を探るように、牛尾は黙りこむ。

鳥居は有重を追いおとすべく、配下に命じて目安箱に訴状を投じさせた。そこまではわかる。されど、牛尾が主張するように、罪状をでっちあげたかどうかの確証はない。

「蜂須賀家の重臣には、皆川内膳という悪党がいる。万字屋と手を組み、唐人相手に抜け荷をやって私欲を貪《むさぼ》っております。このふたりは酷い。内膳は勝手掛《かってかかり》の地位を利用して藩を私《わたくし》し、海賊あがりの万字屋を御用達に引きあげた。万字屋とその手下どもは金になることならどんな悪事でも平然とやってのけ、疑惑の目を向けた者があればことごとく亡き者にする。いずれ、内膳と万字屋によって、蜂須賀家はぼろぼろに食い尽くされてしまいかねない。有重さまはそれほどの悪党どもと裏で通じ、賄賂を貰って何かと便宜《べんぎ》をはかっている。鳥居さまは、そうした筋をでっちあげたいのでござります。されど、それはまちがっておる」

有重が蜂須賀家で懇意にしているのは、厳格なことで知られる筆頭家老の稲田芸植なのだと、牛尾は言う。

淡路国の洲本城代でもある稲田に請われ、有重は秘かに水野越前守と密談の機会を設けたことがあった。願いの議は当主交替に関わることゆえ、けっして表向きにはできなかったとのことらしい。

「水野さまのはからいもあり、蜂須賀家の御当主交替は無事に済まされました。その御礼として、稲田さまから水野さまと有重さまのもとへ幾ばくかの謝礼がもたらされた。それが真実なのでござります」

牛尾はあくまでも、有重内匠頭と皆川内膳たちの黒い繫がりを否定した。そちらが真実ならば、如心尼も蔵人介も鳥居耀蔵のでっちあげに加担することになってしまう。

無論、鳥居なんぞに踊らされるわけにはいかぬ。

蔵人介の胸中に迷いが生じていた。

しかし、それこそが老練な隠密の狙いなのかもしれない。

牛尾は一歩近づき、よどみなくはなしをつづけた。

「いずれにしろ、訴状がひとたび取りあげられたならば、取り返しのつかぬ事態にもなりかねない。そのときのために、先廻りして策を講じておかねばならぬと、それがしは有重さまに進言いたしました」

有重は牛尾のことばを信じ、如心尼のもとへ金屛風を贈らせたのだという。

「ただ単に贈ったのではござりませぬ。あの金屛風は盗品なのでござります。得体の知れぬ者から、あるとき、有重さまのもとへ盗品が贈られてきた。調べてみますと、それは数年前、蜂須賀家の宝物蔵から盗まれた金屛風にござりました。故買品として骨董商のあいだに出まわっておったゆえ、南町奉行所のほうで内々に差し押さえた。そこまでの調べはついております」

「つまり、有重さまのもとへ金屏風を贈ったのは、南町奉行の鳥居さまだと申すのか」

「まず、まちがいございますまい。黒い繋がりを証明するものとして、蜂須賀家の宝物をくわえたかったのでございましょう。しかも、皆川内膳から贈られた宝物が故買品だったとなれば、いかに有重さまとて言い逃れは難しくなりましょうからな。いずれにせよ、さような姑息《こそく》な手を講じるのは、鳥居さまをおいてほかにはおりませぬ」

調べればわかることだとでも言いたげに、牛尾は憤慨してみせる。

「にわかに信じられぬかもしれませぬが、それがこたびの経緯にござります。万字屋も手下どもも、矢背さまの裏の顔は知らぬはず。亡くなった沢地の仲間程度にしかおもっておりますまい」

牛尾は抜け荷の取引相手に化け、悪党どもの懐中深く入り、仲間のような顔をしてつきあっているという。だが、すべては主人の有重を守るための方便にすぎず、私欲は欠片《かけら》もないらしい。

それを証拠に、牛尾は沢地安兵衛を見殺しにできず、その身を救ったことで目安箱のはなしを得ることができた。しばらくは看病をつづけたものの、沢地は快復できずに還らぬ人となったのだ。

蔵人介と溜池ではじめて出会ったときは、まだ生きていたという。

「おぬし、隠密廻りの手首を野良犬に咥えさせたのか」

「矢背さまは遅かれ早かれ、真実を知ることになる。それならば、悪党どもに繋がる端緒《たんしょ》を与えるべきかとおもいましてな。されど、そこは賭けでござった。人の手首を咥えるかどうかは、野良犬次第ですからな」

どこまでも人を食った男だ。

「天守番であったことも、わしの父と親しくしておったことも、すべては嘘だったと申すか」

牛尾は少し黙りこみ、哀しげな眼差しを向けてくる。

「矢背さまに近づくための方便にござりました。有重さまには、水野さまという盾がある。よって、表向きは誰も裁けない。されど、裏からなら手の施しようがある。凄腕の刺客を放たれたならば、もはや、こちらに打つ手はござりませぬ。したがって、それがしは素姓を偽ってでも、矢背さまに近づかねばならなかった。気軽におつきあいのできる仲になり、いざとなれば刺しちがえてでも、有重さまの身を守らねばならぬ。そう、考えたのでござるよ」

牛尾はまた一歩、身を寄せてきた。

懐中に手を入れ、帳面を取りだす。

「これは、沢地が万字屋から入手した裏帳簿の写しにござります。日付から品目、金銭の多寡《たか》にいたるまで、抜け荷の詳細が克明に記されておりますぞ」

沢地は死の間際、牛尾に託したいと懇願し、帳簿の在処《ありか》を告げた直後、息絶えたのだという。

「これさえあれば、抜け荷に関わった悪党どもは、一網打尽《いちもうだじん》にできましょう。わざわざ捕縛などせず、矢背さまのご一存で成敗なさってもよい。されど、有重さまだけは見逃していただきたい。目安箱に投じられた訴状は鳥居さまの描いた絵空事《えそらごと》、かようにおもっていただければよろしいのでござる」

釈然としない。牛尾のことばだけでは何が真実かはわからぬし、上役の命を救うために配下の隠密が頭を垂れるのは、やはり、筋違いと言うべきだろう。

問う必要もないのだが、蔵人介は首をかしげた。

「何故、そこまで有重さまを庇うのだ」

「恩があり申す」

「恩」

「それがしのような御家人づれの願いをお聞き入れくださり、しかも、お口添えまでいただき、一子勘一郎を御旗本の養子にしてもらいました」

「勘一郎とな」

　何処かで聞いた名だ。

「不器用で、隠密には向かぬ倅にござります。されど、誰よりも努力を重ね、昌平黌では一番優秀な成績を修めました。そして、みずからの力で何と、奥右筆に昇進を遂げたのでござります。有重さまも、たいそうお喜びになり……」

　そこまで聞いて、蔵人介ははなしを遮った。

「待ってくれ。一子とは、馬淵勘一郎のことか」

「さようにござります。御家人の牛尾家から御旗本の馬淵家へ。のろまの牛が駿《しゅん》馬《め》になったと、周囲の連中からもからかわれましてな」

　どうしても埋められなかった最後の穴が埋まった気分だ。

　蔵人介は、ふうっと溜息を吐いた。

「目安箱のからくりは、勘一郎から聞きだしたのか」

「ふふ、あやつめ、それがしが今も隠密働きをしておるとも知らず、ふとした拍子に桜田御用屋敷のことを漏らしました。されど、お叱りにならないでくださいまし。

真面目なだけが取り柄の倅なのでござります。何せ、あれだけ恩のある有重さまの御名が書かれた訴状を破棄せなんだのですからな」

逆《さか》しまに考えれば、公正であるとも言えよう。公正さこそが信頼できるかどうかの尺度になる。ただし、相手が隠居した父親とはいえ、桜田御用屋敷のことを告げたのは浅はかすぎるとしか言いようがない。

「こたびは、倅の生真面目さが裏目に出ました。おかげで、恩人の有重さまは針の筵《むしろ》に座らされたも同然となった。不束者《ふつつかもの》の父親としては、一命を擲《なげう》ってでも、倅の不始末をどうにかせねばならぬ。もちろん、矢背さまのことは誰にも喋りませぬ。有重さまにも告げず、胸の裡《うち》だけに留めておく所存にござる。矢背さま、どうかどうか、哀れな老い耄れの願いをお聞き届けくださいまし」

長い言い訳を聞かされたような気もする。

牛尾は裏帳簿を押しつけ、皀角河岸の向こうへ遠ざかっていった。

何気なく裏帳簿の表紙をみれば、小鬼を追う鍾馗の護符が貼られている。

いったい、何のつもりなのか。

蔵人介は迷いを振りきり、道端に捨てられた蛇の目を拾いあげた。

九

裏帳簿を仔細に調べれば、蜂須賀家の重臣と御用達の悪事は明白だった。

二日後、蔵人介は串部をともない、目黒にある徳島藩蜂須賀家の下屋敷へ向かった。

急勾配の日吉坂《ひよしざか》を上り、目黒不動へとつづく白金大道《しろかねだいどう》を行くと、山手七福神《やまてしちふくじん》の布袋尊《ほていそん》で知られる瑞聖寺《ずいしょうじ》のさきに、阿波国徳島藩と讃岐国高松藩《さぬきのくにたかまつはん》の下屋敷が仲良く並んで建っている。

両藩合わせれば二万坪を優に超える屋敷地のさらに奥へ進めば、行人坂《ぎょうにんざか》へとつづく六軒茶屋町《ろっけんちゃやまち》の一角に、煌々《こうこう》と燈火の灯った二階建ての料理茶屋がみえてきた。

「あれでござる」

串部が足を止め、囁きかけてくる。

「髭の内膳を生け捕りにし、口を割らせたいところですな」

「ふむ」

勘定奉行の有重内匠頭と裏で通じているのかどうか、皆川内膳本人の口から聞きだしたいと、蔵人介はおもっている。

「裏で通じておるようなら、如心尼さまの密命にしたがって、勘定奉行を成敗すればよろしゅうござる。されど、牛尾なる隠密の言ったとおり、通じておらぬとしたら、どうなさるおつもりですか」

「どうするとは」

蔵人介が惚けてみせると、串部はわざとらしく溜息を吐いた。

「鳥居の始末にござりますよ。嘘を巧みにでっちあげたとするならば、殿を動かそうとした罪は重い。そもそも、殿に課された密命を従前から知っているかのごとき態度が気に食わぬ。鳥居耀蔵がどういう人物かは、今さら申すまでもありますまい」

「無論、容赦はせぬ」

「まことにござりますか。いよいよ、あやつを成敗することができるのですな」

鳥居によほど引導を渡してやりたいのか、串部は興奮気味にまくしたてる。

「市井の楽しみはすべて取りあげ、贅沢は敵だと鸚鵡《おうむ》のように連呼する。少しでも抗おうものなら、適当な罪状をでっちあげて縄を打ち、下手をすればあの世送りにされちまう。あやつのせいで、どれほどみなが苦しんでおることか。こたびのことがなくとも、鳥居耀蔵は地獄へ堕《お》とすべきかと存じまする」

「急《せ》いてはならぬぞ」

情としては忍び難くとも、明確な理由がないかぎり、曲がりなりにも江戸の政事《まつりごと》を与る町奉行を亡き者にはできない。それに、鳥居が市井の人々に厳しく当たるのは、水野忠邦の忠犬になろうとしているからだ。鳥居を裁くのならば、水野も裁かねば筋は通らぬ。

「まずは、真実を見極めねばなるまい」

蔵人介は冷静な口調で応じるに留めた。

当面の敵を侮るわけにはいかない。皆川内膳は生け捕りにできるほど容易な相手ではなかった。

「十文字《じゅうもんじ》槍を片手で軽々と振りまわすとか。何せ、宝蔵院《ほうぞういん》流の免許皆伝にござりますからな」

破落戸《ごろつき》どもを束ねる紫蘭は海部刀を遣うし、万字屋庄助も物腰から推すと相応の遣い手にちがいない。串部の調べによれば、内膳は腕利きの用人をいつも何人かしたがえているようだし、破落戸もそれなりの数を揃えていよう。

いずれにしろ、気を引き締めて掛からねばならなかった。

「されば、段取りどおりに」

串部はひとり離れ、料理茶屋の表口へ近づいていく。

蔵人介は行人坂のほうへ向かい、暗がりに潜んで様子を窺った。

夜空には、いびつな月が浮かんでいる。

頬を撫でる生暖かい風は、群雲《むらくも》の湧く兆しであろうか。

――どん。

串部は戸板を派手に蹴破り、一丁四方に轟《とどろ》くほどの大音声《だいおんじょう》を発した。

「南町奉行、鳥居甲斐守さまの手入れじゃ。蜂須賀家中老の皆川内膳ならびに万字屋庄助、沢地安兵衛殺しの嫌疑により探索をいたす。神妙にいたせ」

静寂ののち、怒声とも悲鳴ともつかぬ声が沸騰した。

まずは、一階で酒を酌みかわしていた破落戸どもが色めきたち、外に飛びだした
串部を追いかけてくる。

串部は振りむきざま、腰の同田貫を抜いた。

「ぬえいっ」

微塵《みじん》の躊躇《ちゅうちょ》もみせず、躍りかかってきた相手の臑を刈る。

「ぎゃっ」

さらに、ふたり目と三人目も髷を刈られ、道端に転がった。

相手が強敵とみるや、破落戸どもは退《さ》がり、今度は腕に自信のありそうな用人たちが押しだしてくる。

「三人か」

串部が舌舐めずりをしてみせた。

髭の内膳に手懐けられ、甘い汁をたっぷり吸っている連中だ。

用人たちの後ろには、万字屋庄助の顔もある。

しばらくすると、紫蘭もすがたをみせた。

最後にのっそり登場したのは、真打ちの皆川内膳である。

なるほど、大樽のごとき巨漢で、胸にまで届きそうな顎髭を生やしていた。

「おぬしが髭の内膳か。どうせ、見かけ倒しのへなちょこ野郎であろうが」

串部は挑発するように、腹を抱えて嗤《わら》う。

内膳は負けじと怒鳴った。

「相手はひとりじゃ。捕り方ではないぞ。あやつの面の皮を引っぺがしてこい」

「おう」

用人たちが一斉に刀を抜いたところで、串部はくるっと踵を返す。

裾をからげ、蔵人介の隠れているほうへ一目散に駆けてきた。

用人たちが追いすがり、後方には巨漢の内膳や万字屋もつづく。

蔵人介はみなが通りすぎるのを待ち、物陰からふわりと離れた。

串部は急勾配の行人坂を駆けおり、左手の寺領へ敵どもを誘いこむ。

寺領といっても堂宇《どうう》はなく、雑草の生えた野面《のづら》に五百を超える石仏群がぎっしり立っているだけだ。明暦《めいれき》のころまでは大円寺《だいえんじ》という天台宗の名刹《めいさつ》であったが、江戸の三割以上を焼きつくした大火の火元となって以降、寺院の再建は許されていない。大火で亡くなった人の数は、一万人にもおよぶ。石仏群は名も無い石工《いしく》たちが供養のために彫ったものだが、野面に一歩踏みこめば、死者たちの怨念が瘴気《しょうき》となってわだかまっているやに感じられた。

名刹の焼け跡が、悪党どもの墓場と化す。

串部は草を刈るように、相手の臑を刈りつづけた。

野面は阿鼻叫喚《あびきょうかん》の坩堝《るつぼ》となり、血腥《ちなまぐさ》い臭気に包まれる。

串部は用人たちを片付け、同田貫の刀身をぺろりと舐めた。

「おぬし、みたことがあるぞ」

声を裏返らせたのは、万字屋庄助である。

右手に海部刀を握り、串部のもとへ慎重に近づく。

後ろからは、十文字槍を提《さ》げた内膳と紫蘭もやってきた。

生き残った破落戸どもが左右に散り、串部を龕灯《がんどう》で照らす。

「おもいだした。鬼役の従者だな」

すかさず、内膳が反応する。

「万字屋、鬼役とは毒味役のことか」

「さようにござります。名はたしか、矢背蔵人介と言いましたか。おおかた、町奉行の息が掛かった間者《かんじゃ》にござりましょう。ちょろちょろ嗅ぎまわっておりましたもので、一昨日の晩、紫蘭に命じて襲わせました。ところが、存外に強うござりましてな」

「仕留めなんだと申すか」

「面目次第もござんせん」

「まあよい。ちょうど、からだが鈍《なま》っていたところじゃ。わしがこの槍で、あやつの素首《そっくび》を飛ばしてくれるわ」

内膳は十文字槍をひょいと片手で持ちあげると、頭上で旋回させはじめた。

――ぶん、ぶん、ぶん。

その音を聞いただけで、たいていの者は縮みあがるにちがいない。

だが、串部は不敵な笑みを浮かべてみせた。

「なるほど、見掛けは護符の鬼追い鍾馗だが、おぬしのごとき悪党に鬼退治はできぬ。ほれ、後ろをみよ」

串部に顎をしゃくられ、悪党どもは一斉に振りむいた。

苔生《こけむ》した石仏群の狭間《はざま》に、地獄の鬼が一匹立っている。

「矢背蔵人介」

と、万字屋が吐きすてた。

蔵人介は表情も変えず、飄然《ひょうぜん》とした物腰で歩いてくる。

敵どもは迫力に気圧《けお》され、ぶるっと身を震わせた。

「野郎、死にさらせ」

まっさきに叫んだ万字屋が、走りかけて前のめりに倒れた。

背後には、左右の臑だけが切り株のように残っている。

音も無く近づいた串部に、まんまと臑を刈られたのだ。

「うえっ……し、死にたくねえ」

万字屋は草を握って這いつくばり、もぞもぞ動きだす。

内膳がその背中に、槍の穂先を突きたてた。

「なぎゃっ」

串刺しにされた虫のごとく、万字屋は四肢を痙攣《けいれん》させる。

紫蘭は能面のような顔で見下ろし、内膳の後ろに隠れた。

「鬼役め、おぬしもこうしてくれようぞ」

吼《ほ》える内膳は、おもいのほか素早い身のこなしで走りだす。

蔵人介は背中をみせ、誘うように行人坂を駆けおりた。

高い月の位置から推せば、亥《い》ノ刻を過ぎたあたりだろう。

坂を下ったさきには目黒川が流れており、川に架かる石の太鼓橋を渡れば目黒不動へたどりつく。

内膳にとっては三途の川、渡し守の蔵人介は石橋のまんなかで足を止めた。

息は少しもあがっていない。

一方の内膳は、肩で息をしている。

それでも、槍術には揺るぎない自信があるのか、迷いもみせずに石橋を渡ってきた。

おのれが死ぬとは、欠片も考えておるまい。

蔵人介は口を開いた。

「おぬしにひとつ、問いたいことがある。幕府勘定奉行の有重内匠頭へ賄賂を贈ったのか」

「くはは、死ぬゆく者にこたえたとて、無駄なはなしよ。わしは無駄が何よりも嫌いでな、おぬしのごとき雑魚《ざこ》と対峙しておるだけでも腹が立ってくる」

「問いにはこたえぬわけだな」

「ああ、こたえぬ。地獄の番人にでも聞くがよい。はおっ」

内膳は踏みこみも鋭く、槍の穂先を突きだしてくる。

突如、蔵人介のすがたが消えた。

「あっ」

内膳は仰け反り、天空を仰ぐ。

蔵人介は、宙高く飛翔していた。

月を背に負っているので、表情は判然としない。

大上段に構えた白刃《はくじん》を、猛然と斬りさげてくる。

——ばすっ。

刹那《せつな》、十文字槍のけら首が落ちた。

「何だと」
内膳は驚愕する。
野太い槍の柄が、蔵人介の一刀に断たれたのだ。
我に返った内膳は槍を捨て、腰の刀を抜きにかかる。
そこへ、蔵人介の蹴りが伸びた。
――がつっ。
踵《かかと》の一撃は顎を砕き、内膳は朦朧《もうろう》となりながら倒れていく。
そして、石橋の縁に額をおもいきり叩きつけた。
ぱっくり割れた額から、夥《おびただ》しい血が噴きだしてくる。
もはや、手を下すこともあるまい。
巨漢はそのまま、川に落ちていった。
――ばしゃっ。
水飛沫《みずしぶき》があがるさまを、坂の途中から紫蘭がみつめている。
「ひゃっ」
唐突に悲鳴をあげたのは、串部によって右手首を砕かれたからだろう。
もはや、周囲に頼るべき者はいない。最後に頼るべき相手がいるとすれば、紫蘭はなりふりかまわず、その者のもとへ向かうにちがいない。

おのずと、成敗すべき者の輪郭が浮かびあがってこよう。

紫蘭はふらつきながらも、行人坂を上っていく。

串部は細い背中を追いかけ、蔵人介もあとを追った。

川に落ちた内膳の長い髭が、藻のようにゆらゆら揺れている。

目黒川の流れは速く、水の月が抗いながら泳いでいるやにみえた。

十

いびつな月に導かれ、下谷の武家屋敷までやってきた。

寛永寺につづく御成道を右手に行けば練塀《ねりべい》小路、そちらには鳥居耀蔵の広大な屋敷がある。

紫蘭は右手へ曲がらず、左手の明神下へ向かった。

切羽《せっぱ》詰まったときに人は、最後に頼るべき者のもとへ走ろうとする。

死に場所を探して彷徨《さまよ》う獣のごとく、本能にしたがうしかなくなるのだ。

まさしく、紫蘭がそうであった。

妖艶な姿態で男どもを狂わせる異国の女が、たったひとりの情婦に甘んじているわけがない。

蔵人介の読みどおり、紫蘭には別の金蔓《かねづる》がいた。

明神下の暗い谷間には、討つべき相手の屋敷がある。

もはや、素姓のあきらかとなった屋敷の門前には、老いた隠密がひとり佇んでいた。

紫蘭は必死の形相《ぎょうそう》で隠密に縋り、跪《ひざまず》いて命乞いをしはじめる。

だが、即座に白い喉を裂かれ、命を絶たれてしまった。

「来るなと言いつけておいたに……」

隠密は哀しげにつぶやき、脇差《わきざし》の血を袖で拭う。

「……哀れなおなごよ」

言うまでもなく、牛尾勘助であった。

牛尾が背にした屋敷の主人こそ、勘定奉行の有重内匠頭にほかならない。

驚いて足を止めた串部を残し、蔵人介は牛尾のもとへ近づいていった。

「やはり、おぬしの主人は悪党どもと裏で通じておったようだな」

静かにはなしかけると、老いた隠密は淋しげに笑う。

「言い訳はいたしませぬ。たしかに、有重さまは悪党どもと通じていた。四千両におよぶ賄賂はことごとく、抜け荷で儲けた金。それと知りながら、悪党どもを裁こうともせず、その恩恵に与る道を選んだ。皆川内膳や万字屋庄助は、金のためなら人殺しでも何でもする。文字どおりの極悪人にござりますが、金のなる木を持っておった。水野さまや有重さまが今の地位を保つには、莫大な金が要る。いかなる汚い手を使って集めたとしても金は金、ひいてはそれが徳川の御代を守る金となる。幕政を円滑にまわすための金となる。ふふ、そうとでもおもわねば、内膳のごとき輩に与《くみ》することなどできますまい」

「言いたいことはそれだけか」

蔵人介がぎろりと睨むと、老いた隠密はうなずいた。

「ああ、そうじゃ。もはや、有重さまの命乞いはせぬ。この身が盾となり、鬼役の一刀を阻んでくれよう」

牛尾は口調まで変えて殺気を放ち、一尺五寸ほどの脇差を片手青眼に構えた。

「こうみえても、深甚《しんじん》流の小太刀を修めておる。鬼役に一矢《いっし》報いることくらいはできるやもしれぬ」

構えをみれば、侮れぬ遣い手であることはわかる。

「何故だ」

蔵人介は問わざるを得ない。

「何故、そうまでして、悪党と与した上役を守らねばならぬ」

「お役目だからじゃ。お役目を全《まっと》うせねば、わしがこの年まで生きてきた意味が失われる」

「生きてきた意味」

「そうじゃ。たとい、まちがいであっても、わしはお役目に殉じて死にたい。それが侍というものではないのか。忠義というものではないのか」

いつのまにか、空の月が翳っていた。

強風に煽《あお》られた雨雲が空を覆い、ごろっと、遠くから雷鳴まで聞こえてくる。

蔵人介は余計なことと知りつつも、声に力を込めねば気が済まない。

「上役の過ちを正すのが、まことの忠義ではないのか。おぬしの息子、馬淵勘一郎はそれをやってのけた。恩義と正義を天秤に掛け、さんざん悩んだあげく、涙を呑んで正義に殉じるべきと考えたのだ」

「ふふ、伜のほうが親よりも忠義者というわけか。されど、わしに言わせれば、伜は不忠者じゃわい。恩義を忘れた者など、侍でも何でもない。世の中には秘しておくべき悪事もある。墓場まで持っていかねばならぬ事情もある。頭の固い倅には、だいじなことがわかっておらぬ」

「ふたりでようく、はなしあったらどうだ」

蔵人介は助けるつもりで、わざと誘いかけてみる。

「今さら、何をはなせと」

「そこまではわからぬ。少なくとも、おぬしは死ぬべきでない。ちと、調べさせてもろうた。おぬしは天守番に就いたこともなく、叶孫兵衛も知らぬと言うたな。されど、そちらのほうこそ嘘であった。父の古い知りあいに聞いたのだ。おぬしは短いあいだであったが、天守番のお役目に就き、父とも宿直をともにした。同じ釜の飯を食った仲であったと、知りあいは懐かしそうにはなしてくれたぞ。どうして、嘘を吐いたのだ」

「どうして嘘を吐いたのか、わしにもようわからぬ。もしかしたら、踏ん切りをつけるためであったのかも」

「踏ん切りとは」

「未練であろう。おぬしはかならず、有重さまを成敗しにやってくる。どうせ、こうなることはわかっておった。この世への未練を断ちきるべく、わしは来し方の記憶を消し去りたかったのかもしれぬ」

牛尾勘助は死に場所を求めているのだと、蔵人介は察した。

いまさら、正しいと信じて一途にたどってきた道を引き返すことなどできぬ。

引き返さぬことこそが、隠密としての矜持《きょうじ》を保つ唯一の手段なのかもしれない。

刺客として生きてきた蔵人介にも、牛尾の気持ちはわからぬでもない。

それゆえ、なおさらのこと、斬りたくはなかった。

だが、斬らねば決着はつくまい。

牛尾は軽くお辞儀をし、丁寧な口調で喋りはじめた。

「矢背さま、勘一郎にお伝え願えませぬか。みずから選んで歩んできた道程を、父はけっして後悔しておらぬと。おぬしも父と同様、たといまちがっていたとしても、みずからの選んだ生き方をけっして悔いてはならぬと、できることなら、お伝え願いたい」

諾《だく》とすれば、牛尾は死なねばならぬ。

蔵人介は首を横に振った。

「その願い、受けかねる」

「詮方《せんかた》ありますまい」

牛尾は一歩退き、顔を伏せた。
小刻みに震えているのは、どうしてなのか。
泣いているのだと気づいた瞬間、牛尾は猿《ましら》のように跳躍した。
「ふぃ……っ」
突きの一刀が風を呼び、頰に冷たい感触が走る。
頰の浅い裂け目から、生温かい血が流れでた。
すでに、牛尾勘助は足許に伏している。
紫電《しでん》一閃、抜き胴の一撃に斃《たお》れたのだ。
蔵人介は頰に垂れた血を舐め、愛刀を鞘に納めた。
串部が数間後ろから、ゆっくり近づいてくる。
「お見事にござります」
わざと励ますように言い、牛尾と紫蘭の遺体を順に担いで物陰に運んでいった。
蔵人介はそそり立つ正門を仰ぎ、かたわらの潜り戸を手で押した。
おもったとおり、閂《かんぬき》は掛かっていない。
牛尾勘助が導いてくれたのだろうか。
潜り戸を難なく抜け、屋敷の内に踏みこむ。

門番はおらず、家人の気配もない。
――ごろっ。
雷はさきほどよりも近づいている。
ざっと、大粒の雨も降ってきた。
蔵人介は濡れるのもかまわず、奥へ奥へと歩を進める。
玄関口を避け、脇道から裏へまわりこむ。
中庭の端から、母屋《おもや》らしき建物がみえた。
大股で近づき、適当な雨戸を一枚外す。
濡れた足で廊下にあがり、ひたひたと奥へ進んでいった。
どんつきを何度か曲がり、主人が休む寝所へたどりつく。
有明《ありあけ》行燈の明かりが、障子越しに揺れていた。
内匠頭はまだ、眠っていないようだ。
すっと障子を開き、横向きに身を入れた。
内匠頭は書見台《しょけんだい》に向かい、俯《うつむ》くように頭を垂れている。
眠っているようにしかみえぬが、息をしていなかった。
書見台の脇に、湯呑みがひとつ転がっている。

おそらく、茶に毒が混ぜてあったのだろう。
床に目を落とせば、鬼追い鍾馗の護符が残されていた。
余白に文字が綴られている。
――鬼役さま、ご勘弁願いたし。
何と、牛尾勘助がしたためた文であった。
主人に毒を盛ったのも、老いた隠密の仕業にちがいない。
みずからもふくめて、悪党に与した者を赦《ゆる》すことができなかったのだろうか。
あらかじめ主人に引導を渡しておき、おのれも責を負うように討たれたのだ。
これを侍の矜持と言わずして、何を矜持と言うべきか。
「ぬおっ」
蔵人介は天井を見上げ、低く呻《うめ》いた。
声は雷鳴に紛れ、事情を知らぬ家人の耳には届かない。
せめて、一度くらいは『まんさく』で、ともに酒を酌みかわしたかった。
孫兵衛の思い出をともに語れば、まだ知らぬはなしも聞けたかもしれない。
ご禁制の溜池に釣り糸を垂れ、雄鮒も釣りあげてみたかった。
が、もはや、それもかなわぬ。

世の中は理不尽なことだらけだ。

鳥居耀蔵のごとき唾棄《だき》すべき輩は生きつづけ、牛尾勘助のごとき忠臣は死んでいく。せめてもの救いは、一子勘一郎が父の強い志を継ぐべき資質を備えていることであろう。

蔵人介は後ろ手に障子を閉め、ひたひたと廊下を戻りはじめた。

雨戸の狭間には、稲妻が閃《ひらめ》いている。

雨は勢いを増し、あらゆるものを押し流してしまうのだろう。

蔵人介は外へ飛びだし、鮮烈な光を放つ稲妻のなかを平然と歩きはじめた。

十一

数日後。

久方ぶりに雨は熄《や》んだが、むしむしとした鬱陶しさは如何ともし難い。

夕方になれば、人々は涼を求めて、霊岸島《れいがんじま》の新川河岸へとやってくる。

川には酒樽を運ぶ荷船が行き交い、両岸には酒問屋が軒を並べていた。

呑んべえたちにとっては、極楽のようなところであろう。

川沿いの一角には『猩々庵』という蕎麦屋もあった。自然薯《じねんじょ》をつなぎに使った二八蕎麦が評判で、訪れる客は引きも切らない。ほとんどは町人や職人だが、侍のすがたもある。

蔵人介は馴染みのような顔で、暖簾を振りわけた。

背につづく月代侍《さかやき》は若く、城勤めに就いたばかりのような初々《うい》しさを感じさせる。

馬淵勘一郎であった。

実父勘助の初七日を済ませたばかりで、親しくもない相手に誘われたことに戸惑いを隠せぬのか、落ちつきのない様子でしきりに周囲をみまわしている。

桜田御用屋敷で如心尼に引きあわされて以来であった。

蔵人介は下城の途中で偶然出会った体《てい》を装い、みずからの素姓を告げるとともに「美味い蕎麦でも食べにいかぬか」と誘ったのだ。

勘一郎は、勘助と蔵人介の関わりを知らない。

もちろん、生前に蕎麦を食う約束をしたことなど知るはずもなかった。

「こっちへ来い」

見世のなかは混んでいたが、床几の奥にどうにか座ることができた。

さっそく、二合分の温燗と二人前の蕎麦を注文する。

交わす会話もなく待っていると、ほっぺたの赤い娘が銚釐と定番の冷奴をふたつ運んできた。

――醲肥辛甘は真味に非ず。真味は是れ只淡。

勘助が口にした『菜根譚』の一節をおもいだす。

娘につづいて、愛想のない胡麻塩《ごましお》頭の親爺があらわれ、笊《ざる》に盛った蕎麦とつゆを置いていった。

「鰹出汁《だし》のつゆだ」

蔵人介はぶっきらぼうに言い、蕎麦をつゆにちょんとつけて啜る。

すでに、酒は酌みかわしており、冷たい喉越しがじつに心地よい。

「遠慮いたすな」

笊を押して薦めると、勘一郎も箸で蕎麦をたぐりはじめた。

最後の一本がつるっと口に収まると、驚いたように目を丸くする。

「美味いか」

「はい」

「それはよかった」

勘一郎は笊をぺろりと平らげ、物足りなそうな顔をする。

蔵人介は微笑みながら、親爺に蕎麦のお代わりを注文した。

ついでに酒も頼み、注ぎつ注がれつしていると、ようやく勘一郎は打ち解けた素振りをみせる。

「蕎麦好きの父にも、食べさせてやりとうござりました」

しみじみとこぼすので、じっくりうなずいてやった。

蔵人介も心の底から、勘助に『猩々庵』の蕎麦を食べさせたかったのだ。

「どのような御父上であった」

さり気なく問うと、勘一郎を目を伏せる。

「厳格な父にござりました。されど、それがしが御旗本の養子になると、ころりと態度を変え、じつの息子に敬語を使うようになりました」

「似ておるな」

蔵人介のことばに、勘一郎は身を乗りだしてくる。

「矢背さまも御養子だったのですか」

「おぬしと同じだ。番町の御家人長屋で育った。父は伜を御旗本の養子にするのが夢でな、夢をかなえた途端、疎遠《そえん》になってしまった。城勤めの侍ならば、きちんと身分をわきまえねばならぬ。それゆえ、じつの息子にたいしても敬った態度を取らねばならぬと、さように仰ってな」

淋しい気持ちになったのをおぼえている。

だが、孫兵衛が隠居して『まんさく』でおようと所帯を持つと、父と子は元通りの気楽な間柄に戻った。

「羨《うらや》ましゅうござります。それがしはついに、父とわかりあえなかった」

勘一郎は如心尼から目安箱の管理の一端を任され、恩義のある有重内匠頭を糾弾する意図で書かれた訴状をみつけた。苦しんで迷ったすえに、破棄せぬと決めたが、そのことを今も後悔しているようだった。

「父はそれがしの不義理を悲しんだはず。それがしを恨んで死んでいったに相違ござりませぬ」

「いや、それはちがうな」

蔵人介は、きっぱり言いきる。

「わしの父も悲運な死を遂げたが、みずから選んで歩んできた道程をけっして後悔はしなかった。まったく別の道を歩んだわしに、たといまちがっていたとしても、みずからの選んだ生き方をけっして悔いてはならぬと言った。おぬしの父も、同じ気持ちだったにちがいない。おもったとおりに自信をもって前へ進めばよいと、内心ではおもっておられたはずだ」

確信を込めて告げると、勘一郎は涙ぐむ。

蔵人介は黙って、銚釐をかたむけてやった。

もちろん、偉そうなことを言えた立場ではない。

牛尾勘助に引導を渡したのは、誰あろう、蔵人介なのだ。

「おぬしも、おぬしの父も、みずからが正しいと信じるお役目を愚直に全うした。選んだ道はちがっても、その心根は同じ。何ひとつ後悔することはない。後悔いたせば、かえって父は悲しむであろう」

みずからに言い聞かせるように、蔵人介は訥々《とつとつ》と語る。

脳裏に浮かんだのは、孫兵衛の笑った皺顔と大きな掌《て》だった。

薩摩と肥後の国境にあった逃散の村で、ひとりだけ置き去りにされた幼子は飢え死にする運命にあった。そのときに救ってもらった孫兵衛の大きな掌が、時折、夢のなかに出てきたのをおぼえている。

孫兵衛が隠密でなければ、蔵人介はこの世にいなかった。

毒味を家業とする矢背家の養子にもなっていなかったし、厄介な密命を果たさねばならぬ役目にも就くことはなかった。

「人の運命《さだめ》とは、わからぬものだな」

ぽつりとこぼすと、勘一郎はじっとみつめてくる。

こたびのことで、おぬしもわかったであろう。

これからもずっと、如心尼の密命にしたがうのかどうか。

それは自分自身で決めることだと、蔵人介は目顔で諭す。

自分で決めた道ならば、父も文句は言うまい。

「さあ、呑め」

蔵人介は銚釐を手に取り、盃に注いでやった。

床几の隅に置かれた空《から》の徳利には、どくだみが一輪挿《さ》してある。

どくだみは日陰にしか咲かぬ花だが、十薬の異名でも呼ばれるとおり、十種類もの薬効があることで知られていた。

まるで、優れた隠密のようではないかと、蔵人介はおもう。

十字の白い可憐《かれん》な花に目を遣《や》りつつ、勘一郎はほっと安堵の溜息を吐いた。

蔵人介に言われたことばで、少しは父と折りあいがついたのかもしれぬ。

「おまちどおさま」

親爺が蕎麦のお代わりを置いていく。

ふたりはともに微笑みつつ、静かに盃をかたむけた。

抜け弁天《べんてん》

一

水無月《みなづき》十五日、九段《くだん》坂上。

練兵館《れんぺいかん》では稽古にいそしむ門弟たちの声が響いている。

館長の斎藤弥九郎《さいとうやくろう》には儒学の素養があり、時世の流れにも敏《さと》い。門弟たちには早朝から素読《そどく》を義務づけ、興《きょう》が乗れば最新の砲術などを伝授したりもする。何と言っても剣術の力量は江戸で三指にはいると評されているので、入門を望む侍たちが全国津々浦々から集まってきた。

ただし、練兵館は星の数ほどある剣術道場のなかでも、とりわけ稽古の厳しいことで知られている。

「からだの芯を打ちぬけ。一打も疎《おろそ》かにしてはならぬ」

という斎藤の教えどおり、竹刀《しない》を握った門弟たちは死に物狂いで相手を打ち据える。これに抗するには牛革の分厚い面、小手を付け、激しい組討ちや締めあいなどもやらねばならない。

猛暑のなかでの稽古は辛く、気を失う者が続出した。つづけられずに落後する者も大勢あったが、夏の猛稽古に耐えた門弟たちは心身ともに一段と逞《たくま》しさを増し、門弟同士の絆《きずな》も強固なものとなる。

侍として一本立ちするための素地を築くのだとおもえば、斎藤から師範代を任された卯三郎も自然と背筋が伸びた。

「いやっ、たあっ」

汗だくで打ちかかってくるのは門脇杢太郎《かどわきもくたろう》、新御番士《しんごばんし》に就く旗本の長男である。見込みのある若者なので、以前から可愛がっていた。五つ年下の十八ということは、医術を修めるために大坂へ行った鐵太郎と同い年でもある。まっすぐで朗らかな性分《しょうぶん》も似ているせいか、いつも弟のような親しさで接してしまう。ほかの門弟の手前、依怙贔屓《えこひいき》にならぬように気をつけねばならぬほどだった。

「ぬりゃ……っ」

李太郎は竹刀を大上段に構え、必死に打ちかかってくる。

卯三郎は横三寸の動きで躱し、ひょいと足を引っかけた。

「うわっ」

李太郎は床に俯《うつぶ》せになりつつも、むっくり起きあがる。

「ぬおっ」

振りかえるや、血走った眸子《まなこ》で叫んだ。

「卯三郎さま、それがしに竜尾返《りゅうびがえ》しをお教えください」

「莫迦者、百年早いわ」

李太郎は以前の自分に似ている。斎藤に神道無念流《しんとうむねん》の秘技を伝授してくれと懇願し、そのときに喝破《かっぱ》されたのと同じ台詞を卯三郎は吐いていた。

素早い接近戦を旨《むね》とする同流にあって、もっとも修得が難しいとされる「竜尾返し」は相手の意表を突き、遠目の間合いから袈裟懸《けさが》けを狙う技である。上段に隙をつくって誘い、相手の攻撃を峰で撥《は》ねあげ、切っ先を頭上で左右に旋回させながら順勢《じゅんせい》に打ちぬく。

一連の動きを流水のごとくおこなわねばならず、よほど修行を積んだ者でも竹刀ではなかなか上手くいかない。一方、真剣で同じ技を遣うと振りの捷《はや》さが増し、斬り間が予想以上に伸びる。ゆえに、実戦向きの危うい技と目されており、修得さえできれば鬼が金棒を手にするようなものだとも言われていた。

正直なところ、卯三郎も完璧に修得できているかどうかわからない。というのも、実戦で遣う機会など、まずないからだ。

「つおっ」

李太郎はふらつきながらも、頭から突っこんでくる。

相討ち覚悟で刺突《しとつ》を繰りだす「懸中待《けんちゅうたい》」という技だ。

卯三郎はひらりと躱すや、上から竹刀を打ちおとす。

「まだまだ」

李太郎は半歩退いて八相《はっそう》に構え、こんどは袈裟懸けに転じた。

卯三郎は竹刀の先端を下げたまま、後方へ大きく飛び退く。

と同時に、竹刀を左上段に振りあげた。

「芝隠《しばがくれ》」

凛然《りんぜん》と技の名を発し、目にも止まらぬ捷《はや》さで面打ちを繰りだす。

李太郎は鉄枠の面を付けていた。

——ばしっ。

竹刀の破片が四散《しさん》する。

卯三郎の一撃は強烈すぎた。

李太郎は大の字にひっくり返り、ぴくりとも動かない。

近づいて面を外してやると、気を失っていた。

「誰か、水桶を持ってこい」

卯三郎の声に応じた門弟たちが、急いで井戸から水を汲んでくる。

「それっ」

冷たい水を顔にぶっかけると、李太郎は跳ね起きた。

「あっ、卯三郎さま」

「目が覚めたか。今日の稽古は仕舞いだ」

気づいてみれば、格子窓から陽光が斜めに射しこんでいる。

突如、蟬《せみ》の鳴き声が耳に甦ってきた。

門弟たちは防具を脱いで汗を拭き、三々五々、帰路についた。

卯三郎も濡らした手拭いで火照《ほて》ったからだを拭い、道場に一礼すると、冠木《かぶき》門から外へ出る。

李太郎が追いかけてきた。

「卯三郎さま、ごいっしょしてもよろしいですか」

「ふむ、かまわぬが」

「されば」

ふたりは肩を並べ、ゆっくり歩きはじめた。

背後の坂道を見下ろせば、御濠越しに千代田城の石垣や御殿の威容をのぞむことができる。いつもならば、御城を背にして市ヶ谷御門をめざすのだが、卯三郎は九段坂と交差する道を御厩谷《おんまやだに》のほうへ向かった。

「近頃、斎藤先生のおすがたを見掛けませんね」

「何かとお忙しいのさ」

「まあ、そうでしょうけど」

杢太郎は不満げに口を尖らせたが、明るい口調ですぐに話題を変える。

「家に寄っていかれませぬか」

「えっ」

「お茶でもいかがかと。じつはこのたび、姉上が茶道指南の免状を得ましてな、しきりに茶を点《た》てたがっておるのです」

杢太郎より二つ年上の姉は香保里《かおり》といい、番町でも評判の美しい娘であった。卯三郎にとっては高嶺《たかね》の花なので、格別に意識したこともないし、見掛けても会釈程度で会話を交わしたおぼえもなかった。

「卯三郎さまをお連れすれば、姉上も驚きます。じつは、お高くとまった姉上の驚く顔がみたいのです」

「そういうことなら、遠慮しておこう」

「まあ、よいではありませぬか」

ぎゅっと袖口を摑まれ、なかば強引につれていかれた。

門脇邸は御厩谷のなかほどにあり、道場から少し歩けばたどりつく。大小の道が網の目のように錯綜《さくそう》する番町のなかでもわかりやすく、道草にちょうどよい迂回《うかい》路として親しんでもいた。

「卯三郎さまは、ご自身のことを何もはなされませぬ。一度じっくり伺いたかったのです。たとえば、御毒味役の修行には、睨《にら》み鯛《だい》なるものがあると教わりました。どのようなものなのか、是非ともお教えいただきたい。何故、御毒味役を家業とする御家の御養子になられたのかも。あるいは、どうやったら十人抜きの偉業を達成できるのかなど、伺いたいことは山ほどござります」

練兵館で十人抜きを達成したのは、今から三年余りまえのことだ。腰にある刃長三尺三寸の秦光代《はたみつしろ》は、館長の斎藤から偉業達成の祝いに頂戴した業物にほかならない。

十人抜きから遡《さかのぼ》ること一年前、卯三郎は拠所《よんどころ》ない事情で矢背家の居候《いそうろう》となった。もとの姓は卯木《うつき》と称し、卯三郎は納戸払方《なんどはらいかた》を務める隣家の部屋住みだった。平穏に暮らしていたにもかかわらず、突然の不幸に見舞われた。父の後継で納戸払方になった兄が上役の不正に加担できず、過酷ないじめを受けて気鬱となり、家に籠《こ》もって出仕《しゅっし》もままならぬようになったある日、何と母を刺して自刃《じじん》してしまったのだ。

父は兄の仇を討たんと欲し、兄を死の淵へ追いこんだ上役の屋敷へおもむいたが、無残にも返り討ちにあってしまった。幕府の裁定によって卯木家は改易《かいえき》となり、天涯孤独になった卯三郎も死の瀬戸際まで追いつめられたが、崖っぷちで救いの手を差しのべたのが隣人の蔵人介だった。

のちに聞いたはなしだが、蔵人介は卯三郎が幼い時分から剣術の並々ならぬ素質を見抜いていたらしい。なるほど、卯三郎は練兵館でも一目置かれるほどの剣士に育ち、少々のことではへこたれぬ胆力《たんりょく》も備えていた。それゆえ、居候の身でありながら、志乃と蔵人介から矢背家の養子にならぬかと打診されたのである。

実子の鐵太郎を差しおいて跡継ぎになるわけにはいかぬと、当初は拒みつづけたものの、鐵太郎本人と母の幸恵にも背中を強く押された。志乃からも「鬼役となるのは天命なのです」と説かれたことで踏んぎりもつき、みずからも蔵人介のようになりたいと望みはじめた。

ひとたび決断してからのちは、蔵人介や志乃に課された毒味役の厳しい試練を乗りこえてきた。おかげで、鐵太郎への申し訳なさはどうにか払拭《ふっしょく》できたが、表向きの御用とは別に隠密御用を担わねばならぬことに戸惑いがないと言えば嘘になる。真剣で人を斬ることの痛みを知って以来、鬼役を継ぐことに言い知れぬ不安をおぼえていた。

もちろん、そうした事情を軽々に喋るわけにはいかない。

あれこれ考えながら歩いていると、杢太郎がふいに足を止めた。

「卯三郎さま、着きましたよ」

開けはなたれた門の向こうには、百日紅《さるすべり》が紅色の花を咲かせている。

振袖姿で幹を揺すっているのは、香保里にまちがいない。

「姉上」

杢太郎の呼びかけに気づき、ふわりとこちらに顔を向ける。

会釈された途端、あまりの美しさに身動きができなくなった。

よくよく考えてみれば、顔をまともにみたことがなかったのだ。

「卯三郎さま、どうかなされましたか。さあ、なかへ」

杢太郎に誘われても、足がまえに出ない。

「いつも弟がお世話になっております」

門の内から、駒鳥《こまどり》の囀《さえず》りのごとき可憐《かれん》な声が聞こえてくる。

喉の奥が引きつり、応じることばも出てこない。

卯三郎はぎこちなく一礼すると、逃げるように門前を離れていった。

二

翌十六日は疫鬼《えきき》払いの嘉祥《かじょう》、諸大名は城中の大広間へ参集し、公方着座のまえで菓子や餅を食す。

「殿も今ごろは、お役目にいそしんでおられましょう」

串部は太鼓のかたちをした日本橋のまんなかで立ちどまり、千代田城に向かって一礼した。

行き交う他人の目を気にしながら、卯三郎も仕方なく付きあう。

何処までも晴れた青空の彼方には、富士山もくっきりとみえた。

旅人たちも順に立ちどまり、千代田城と富士山に両手を合わせる。

「上様の御膳に供されるのは、金飩《きんとん》や羊羹《ようかん》や阿古屋餅《あこやもち》など十六種。それらすべてをお毒味し、ことごとく無事であることを確かめねば下城の途に就くことはできませぬ。卯三郎さまもお覚悟なされよ。嘉祥の祝儀には、甘いものを死ぬほど食さねばなりませぬゆえな。ふはは、げんなりした顔をなされますな」

豪快に笑う串部から目を逸《そ》らし、卯三郎は欄干《らんかん》から身を乗りだす。

「あの……もしや、矢背卯三郎さまではあられませぬか」

唐突に声を掛けられた。

振りむけば、妙齢の武家娘が可愛げに小首をかしげている。

「……か、香保里どの」

名を口にした途端、ぽっと頬が赤くなった。

香保里は横に控える侍女と目を合わせ、くすっと笑ってみせる。

「家の用事で駿河町《するがちょう》にまいったものですから。日本橋は久方ぶりです。今日は富士のお山がよくみえますすね」

「せっかくまいったので、賑やかな魚河岸でも見物してまいろうかと。それではまた」

「はい」

「はい、それではまた」

鸚鵡《おうむ》のように返事を繰りかえすと、香保里はくすっとまた笑い、花柄の袂を揺らしながら離れていく。

串部が横合いから、ぬっと顔を差しだしてきた。

「ちょっと若さま、隅に置けませぬな。さきほどのお美しい娘御は、どういうお方にござりましょう」

「門弟の姉上だ。格別な関わりはない」

「そのわりには、赤茄子のごとき顔におなりでしたな。隠さずともよいのですぞ。あれだけお美しい娘御なら、心を移さぬほうがおかしゅうござる。ええもう、その気がおありなら、どんと当たって砕ければよろしい。それがしにご命じくだされば、文使いでも何でもいたしましょう」

「余計なお世話だ」

「ぬふふ、ともあれ、酒でも飲《や》りながら策を練りましょうか」

そもそも、串部が馴染みの一膳飯屋で一杯飲りたいと言うので、両国下の薬研堀《やげんぼり》まで付きあうことにしたのだ。

ふたりは肩を並べ、香保里のあとを追うように日本橋を渡った。

千代田城の華やかさとはうらはらに、猛暑でむせかえる市中は妙な空気に包まれている。商家が軒を並べる京橋や日本橋まで足を延ばせば、ことに不穏さは身近に感じられた。

「食いつめた連中が、そこかしこにおりますぞ」

串部に言われ、不吉な予感が胸に過《よ》ぎる。

香保里と侍女は無事であろうか。

昼の日中とはいえ、おなごがふたりでこの界隈を彷徨《うろつ》くのは危うい。

「米をいくら作っても、百姓の暮らし向きはよくなりませぬ。田圃《たんぼ》を耕すことを止めれば手余り地が増え、田圃を捨てるしかなくなった潰れ百姓たちは苦労せずに金を摑もうと、挙《こぞ》って江戸へやってくる。その日暮らしの食いつめ者が裏店《うらだな》に溢れ、市中には不心得者《ふこころえもの》も横行しはじめます」

幕府は治安の悪さに手を焼き、今年の弥生に人返し令を発布した。江戸から出ていかぬ者はことごとく狩りこみ、辛い賦役《ふえき》を課すことにしたのだが、期待されたほどの効果はなかった。

逆しまに狩りこむのを止め、いっそ戸籍を与えて取り締まろうと、幕府は町奉行に命じて仮の人別帳《にんべつちょう》をつくらせた。付け焼き刃の戸籍に載せられた男女の数は三万五千人におよび、日毎《ひごと》にどんどん増えているという。

ただし、適当な名や素姓を記す者が大半を占めるうえに、字を知らぬ者たちも多い。それでも、新たな人別帳に列記された有象無象《うぞうむぞう》が江戸に居座れば、物騒《ぶっそう》な出来事が頻発するようになるのは目にみえていた。

「表店《おもてだな》の連中は裏店の貧乏人どもを毛嫌いし、人として扱わなくなりましょう。食えない連中を食い物にする悪党も蔓延《はびこ》り、いっそう江戸は住みづらくなる。積もりに積もった不平不満は、千代田城で偉そうにしている連中に浴びせられます。すべては御政道のせいだと、舵取り役の水野越前守さまに批判の矛先《ほこさき》が向けられるのは詮無きことかと」

串部の言うとおり、市中には平気で「水野越前守を干しあげろ」と叫ぶ輩も見受けられた。

日本橋川沿いの魚河岸を歩いていると、不穏な空気はいっそう濃くなっていく。道という道には襤褸《ぼろ》を纏った連中が集い、何人かずつで徒党を組んで歩いていた。

「さきほどのお嬢さま、そう言えば魚河岸を見物しに行くと仰いましたな。されど、このありさまをみれば、踵を返されたことでしょう」

そうであればよいがと願いつつ、卯三郎は眉間に皺を寄せる。

西堀留川《にしほりどめがわ》に架かる荒布《あらめ》橋の周辺には、すでに、百人を優に超える頭数が揃っていた。潰れ百姓とおぼしき風体の連中ばかりか、刀を一本差しにした食いつめ浪人も大勢見受けられる。なかには、杵《きね》や鍬《くわ》や鎌を手に提《さ》げた者たちもあり、道端に転がった小石を拾う者もひとりやふたりではなかった。

「まさか、打ち毀《こわ》しでもやろうってのか」

串部の指摘どおり、本船町《ほんふなちょう》から伊勢町《いせちょう》にかけての川沿いには米蔵が軒を並べている。筵旗《むしろばた》でも掲げて扇動する者があらわれれば、徒党を組んだ者たちの気持ちに火が点《つ》きかねない。

だが、憤懣《ふんまん》の捌《は》け口を求めているだけでもなさそうだ。少し離れた道端から眺めてみると、河岸を埋めているのが烏合《うごう》の衆《しゅう》であることはよくわかる。いずれも腹を空かしている様子だった。寺社の境内に行かねば炊きだしにはありつけぬので、おそらく、日銭を貰いにきたのであろう。

「ほら、あそこをご覧なされ」

串部が指差すさきでは、怪しげな破落戸《ごろつき》どもが銭を配っていた。

食いつめ者たちが一斉に群がり、銭を手にするや、引き波のように遠ざかっていく。

「何なんだ、あいつら」

卯三郎が吐きすてると、串部が深々と溜息を吐いた。

「ああして手懐けておき、いざというときに使う肚《はら》かもしれませぬな」

「いざというとき」

「打ち毀しの機会を狙っている者がおるのかも」

「いったい、何のために」

「米蔵を襲うだけでなく、市中を混乱の坩堝に陥れるのが狙いかもしれませぬ。幕府の無策を世に知らしめる。ひいては、水野さまを失脚させる策謀が裏に隠されているのやも」

串部はいつもの癖で、勝手な筋書きを描いてみせる。

水野忠邦を失脚させて得をするのは、いったい誰なのか。

質そうとしたところへ、帛《きぬ》を裂くような悲鳴が聞こえてきた。

「親父《おやじ》橋の向こうだ」

吐きすてた串部を尻目に、卯三郎は駆けだす。

親父橋を渡ったさきは芳町、かつては蔭間《かげま》の巣窟《そうくつ》だった。

人通りの少ない道端に、さきほどの侍女らしき娘が倒れている。

卯三郎は駆け寄って助け起こし、侍女の肩を揺すった。

「おい、しっかりしろ、目を覚ませ」

目を薄く開けた侍女が、露地裏の暗がりを睨みつける。

「……お、お嬢さまが……あ、あそこに」

卯三郎は露地裏へ飛びこみ、声をかぎりに叫んだ。

「香保里どの、香保里どの」

どんつきの暗がりに行きあたると、三人の月代侍が睨《ね》めつけてくる。

ひとりが香保里の後ろにまわりこみ、羽交《はが》い締《じ》めにして白刃を抜いた。

「おぬし、娘の名を呼んだな。知りあいか」

「ああ、そうだ」

「邪魔だていたすな。近づくと容赦せぬぞ」

卯三郎は脅しと見切り、脱兎《だっと》のごとく駆けだす。

ひとりが白刃を抜き、大上段から斬りかかってきた。

「死ね」

初太刀を鼻先で躱し、右の拳を相手の顎下に埋めこむ。

「ぐっ」

ひとり目が倒れると、ふたり目が低い姿勢から刺突を繰りだした。

卯三郎は逃げずに踏みこみ、横三寸の動きで躱すや、前蹴りを相手の腹に決める。

ふたり目も昏倒し、その場に俯せで倒れた。

「そこまでだ」

最後に残った男は、香保里の白い喉もとに刃をあてがう。

香保里は恐怖に怯《おび》え、声をあげることもできない。

「ほれ、腰の刀を捨てろ。鞘ごと抜いて捨てるのだ」

命じられたとおり、卯三郎は大小を腰帯から抜いた。

男が目を細める。

「おぬし、何処かでみたことがあるぞ。おもいだした、練兵館におったな」

「そう言うおぬしは、あっ、能勢新八郎《のせしんぱちろう》か」

「そうじゃ。素姓がばれた以上、娘もおぬしも生かしてはおけぬ」

「待て。おぬしの家はたしか、家禄一千石の御大身《たいしん》であろう、何故、かような狼藉《ろうぜき》におよぶのだ」

「御大身とは申せ、わしは役立たずの三男坊だ。家を継ぐこともできず、養子のあてもない。鬱々《うつうつ》とした暮らしにも飽いてな、気晴らしに狼藉をはたらいておるのよ」

「ふん、虫螻《むしけら》め」

「虫螻にも言い分はあるぞ。すべては御政道のせいだ。水野の阿呆がろくな施策を打たぬせいで、市中には遊び場が無《の》うなった。おなごを買いたくとも、値の張る吉原へ行かねばならぬ。金が無ければ、辻強盗でもして奪うしかない。さもなければ、手っ取り早く、おなごを拐《かどわ》かして輪姦《まわ》すしかなかろうが」

「こやつめ」

「ふふ、近づくでないぞ」

白刃を握る能勢の手に、ぐっと力がはいる。

卯三郎は一歩も動けず、奥歯を嚙むしかない。

と、そのとき、黒い影が脇を擦り抜けていった。

地を這うように駆けながら、びゅんと礫《つぶて》を投げる。

「うっ」

至近から投じられた礫は、能勢の右目を潰していた。尻餅をついた能勢に組みつき、黒い影が馬乗りになる。串部であった。

「ここで死ぬか、狼藉を止めるか、ふたつにひとつだ」

顔を寄せて脅しあげると、血だらけの能勢は声を震わせた。

「……も、もう止める……み、見逃してくれ」

「二度とやらぬと、天地神明に誓うか」

「……ち、誓う」

「つぎは無いぞ」

串部は重厚な口調で言い、腹に当て身を喰らわす。

助かった香保里は襟を寄せ、卯三郎の顔をみつめた。

「危ういところを……あ、ありがとうございました。まことに、感謝のいたしようもございませぬ」

「運がよかった。ともあれ、家までお送りしましょう」

「……は、はい」

安堵したのであろう。

しおらしく応じる香保里の目から、大粒の涙が溢れた。

三

翌朝、正装に身を包んだ幕臣が御納戸町《おなんどまち》の矢背家を訪ねてきた。

香保里の父、門脇杢之進《もくのしん》であった。

幕初から門脇家が担う新御番士は殿中警固《けいご》の花形、御膳奉行の矢背家とは家格でも大きなひらきがある。門脇自身も誇り高き新御番士の例に漏れず、家格にこだわる頑固者にほかならぬが、さすがに娘の命を救ってもらった相手に礼を欠くことはできない。

目の下二尺余りはあろうかという、見事な鯛を手土産に持参した。

蔵人介は非番だったので、みずから客間へ案内して上座に座ってもらう。

すでに、卯三郎と串部からあらかたの経緯は聞いており、門脇が挨拶に訪れるのはわかっていた。

卯三郎にも同席させたが、門脇はいっこうに目を合わせようとしない。

何か格別な理由でもあるのだろうが、敢えて聞こうとはおもわなかった。

香保里の様子を問えば、心労で寝込んでしまったものの、明日になれば元に戻る見込みだという。

蔵人介が何よりも気になっていたのは、狼藉におよんだ連中への対応であった。

が、門脇はどうやら、不問に付すつもりらしい。おそらく、相手が家格で上の大身旗本ゆえの判断であろう。意見することでもないので、蔵人介は黙っていた。

従者の串部が能勢新八郎に大怪我を負わせたことについても、能勢の自業自得《じごうじとく》にすぎず、事を表沙汰にすれば困るのは先方のほうなので、蔵人介に波風を立てるつもりはない。

門脇はそのことを確認すると、ほっと安堵の溜息を吐き、早々に帰っていった。

「情けないのう」

不満を漏らしたのは、廊下の片隅から成りゆきを窺っていた志乃である。

「だいじな娘を傷物にされかけたにもかかわらず、黙って見過ごそうとはな。時世も変わったものじゃ。ひとむかしまえの番士ならば、白鉢巻きに襷を帯びて槍をたばさみ、相手の家に乗りこんでおったところじゃ。鯛なんぞよりもさきに、相手の首を獲ることを考えるべきであろうに。ああ、情けない」

「されば、義母上《ははうえ》、いただいた鯛はどういたしましょう」

後ろから、幸恵が声を掛けてくる。

志乃は振りむきもせず、毅然《きぜん》と言いはなった。

「鯛に罪はありませぬ。丸ごと蒸し焼きにでもいたしましょう」

ふたりのやりとりを耳にしながらも、卯三郎はじっと考えこんでいる。

おおかた、門脇が目を合わせなかった理由でも臆測《おくそく》しているのだろう。

蔵人介は心の迷いを察しつつも、卯三郎を放っておくことにした。

隠密御用にいそしむ身にすれば、すぐに消えゆく小さな波紋にすぎぬ。

蒸しあがった鯛をありがたく賞味しながら、そんなふうにおもったのだ。

卯三郎はその日から、門脇家のことをなるべく考えぬようにつとめた。しかし、香保里への淡い恋情が消えたわけではない。ことに、助けたあとに泣きながら笑った顔は忘れがたく、会えぬとおもえばなおさら、恋情は募った。食も細くなり、幸恵からえらく心配されたが、それが恋患いだということに、卯三郎は気づくこともできなかった。


翌々日、道場の猛稽古が終わると、杢太郎が悄気《しょげ》た顔で近づいてきた。

以前から打診されていた姉の縁談を、父親がなかば強引に決めてきたのだという。

それを聞いて合点《がてん》した。門脇杢之進が目を合わせなかった理由は、娘の縁談をすすめていたからにちがいない。

「相手は佐土原隼人《さどはらはやと》。家禄四千石、寄合《よりあい》の継嗣《けいし》にござります」

無役の寄合とはいえ、家禄五百石の門脇家からみれば格上も格上、通例ならばあり得ぬような縁談である。

「何やら、先方も急いでおいでとか」

杢太郎が口惜しげな顔をしたので、卯三郎は平静を装った。

「何よりのおはなしではないか。弟のくせに、どうしてもっと喜ばぬ」

「佐土原隼人なる人物、あまりよい噂を聞きませぬ」

甲源一刀流《こうげんいっとう》の免状持ちらしいのだが、酒席で刀を抜いたことがあるとか、好んでみずから様斬《ためしぎ》りをやってみせるとか、夜の花街に遊び仲間と繰りだしては喧嘩沙汰を引きおこしてきたとか、たしかに、ろくな噂ではない。

「しかも、例の能勢新八郎とも知りあいらしく、噂がまことなら、姉上が苦労するのは目にみえておりまする」

そこまで言われれば、卯三郎も黙って見過ごせぬ気になってくる。

「父御はどうされておるのだ」

「巷間の噂など信用できぬの一点張りで。おおかた、御大身からの申し出に舞いあがっておるのでしょう。されど、父の考えがどうであろうと、それがしはあきらめきれませぬ。姉上にはもっと、よい方のもとへ嫁いでほしいのです」

涙目で訴えられ、卯三郎はたじろいだ。

杢太郎は剣の師でもある卯三郎に、姉を貰ってほしいのだ。

気持ちは嬉しかったが、今すぐに踏みこむ勇気は持てない。

だいいち、肝心の香保里がどうおもっているのかわからなかった。

もちろん、親の決めた縁談を断ることはできまいが、卯三郎は香保里本人の口からまことの気持ちを聞きたい衝動に駆られた。

だからであろう、杢太郎と別れたあと、あれこれ迷ったあげくに来た道を戻り、門脇邸まで足を運んだのである。

ところが、百日紅の咲く門の内へ踏みこむことはなかった。

月代侍とおぼしき何者かが物陰に潜み、門脇邸を窺っていたからだ。

遠目ゆえに声を掛けられず、卯三郎は怪しい男の背中を尾《つ》けることにした。

男は今、市ヶ谷御門を抜けて濠端を歩き、尾張《おわり》屋敷に沿って西へ向かっている。

途中で日没となり、暮れなずむ坂道を汗だくになってたどると、瘤寺《こぶでら》とも称される自證院《じしょういん》の裏手へと導かれていった。

梅木園《うめきえん》の奥に、町道場に似たつくりの建物がみえてくる。

男は門前で立ちどまって左右を窺い、門の向こうに消えた。

急いで駆け寄ってみれば、門柱に看板が掛かっている。

――石動塾兵法指南
と、太字で書かれてあった。

人が集まっているのか、門の外まで熱気のようなものが伝わってくる。

覚悟を決めて冠木門を潜ると、竹箒《たけぼうき》を握った人物が顔をかたむけてきた。

総髪で大柄な四十ほどの男だ。

みるからに厳《いか》つい面つきだが、親しげに笑いかけてくる。

「入門されたいのか」

「……は、はい」

おもわず返事をすると、大きな掌を差しだす。

「されば、前金で束脩《そくしゅう》をいただこう」

「おいくらでございましょうか」

「二両でよい」

「……に、二両。さような大金、持ちあわせておりませぬ」

「ふん、金がないなら、出直してくるのだな。わしの教えには最新の砲術なぞもふくまれておるゆえ、二両でも安いくらいだぞ」

自信たっぷりに言うので、踵《きびす》を返すのが惜しいような気にさせられた。

「あの、ご師範の石動さまであられますか」

「さよう、わしが石動幻斎《いするぎげんさい》である。おぬしは幕臣か」

「はい、矢背卯三郎と申します」

「矢背か。めずらしい姓じゃな。京の洛北は比叡山の麓《ふもと》に、たしか同じ名の山里があったような。おぬしも、御政道に不満があるのか」

「えっ」

「惚《とぼ》けずともよい。ここへ来る者たちはみな、水野越前守の施策に不満を持っておる。ことに、さきごろ発布された上知令《あげちれい》はひどい。おぬしも、そうおもうのであろう」

咄嗟《とっさ》にはなしを合わせるべく、卯三郎は真顔でうなずく。

上知令とは、江戸、大坂の中枢に集まる大名旗本の領地を幕府が没収し、代替地として地方に点在する幕領を分け与えるというもので、該当する大名は御三家をふくむ二十五家、旗本も合わせた対象地の石高は二十六万八千石におよんでいた。

「何の落ち度もない大名旗本にとって、罰則まがいの土地交換など受けいれられるはずもない。何代もつづいてきた領主の引っ越しは、領民にとっても大きな不安のたねとなる。のう、そうであろう」

「仰せのとおりにござります」

「ふむ」

石動は気をよくしたのか、滔々《とうとう》とつづけた。

「いったい、何のための上知なのか。英吉利《エゲレス》を筆頭とする列強諸外国の進出は今や脅威となりつつあり、下手をすればわが国も阿片《アヘン》戦争で敗れた清《しん》国の二の舞になりかねない。沿岸防備を強化すべく砲台などを築くためには、江戸と大坂の中枢に分散する幕領をひとまとめにしておく必要がある。よって、上知を断行すべしと、水野どのは主張しておられる。十日からはじまった印旛《いんば》沼の大掛かりな干拓《かんたく》普請も、江戸湾以外に兵糧《ひょうろう》を運ぶ水路を確保するための、いわば窮余《きゅうよ》の策だという。ふん、ばかばかしい。わしに言わせれば、いずれも愚策にすぎぬわ」

土地をいくらまとめても、人心が離れれば元も子もない。そもそも、幕府は列強に抗う術もなく、正面から雌雄《しゆう》を決すれば完膚《かんぷ》無きまでにやられてしまうであろう。

過度の節約や引締のせいで、水野忠邦の人気は凋落《ちょうらく》の一途をたどっているという
のに、不人気に拍車を掛けるような施策だと、石動幻斎は断言する。
怪しげな兵法指南の主張は勘所《かんどころ》を突いているような気もするが、今のところは
絶大な権力を握る水野の顔色を窺い、異《い》を唱える諸侯《しょこう》は出ていないようだった。
「されど、憤懣《ふんまん》は積もりに積もっておる。あとひと押し、日本橋の米河岸辺りで打
ち毀しでも起きれば、水野どのは高々と積まれた座布団のうえから高転《たかころ》びに転げ落
ちるにちがいない」
「高転びに……」
鳥居耀蔵あたりが聞けば、首が飛ぶようなことを平然と口にする。それだけでも、
石動幻斎という男には人を惹《ひ》きつける力があった。
うっかり聞き入っている自分自身に、卯三郎は不安をおぼえている。
「すっかり辺りが暗《くろ》うなってきたな」
石動が顔を寄せ、前歯を剝いて笑った。
「ところで、矢背卯三郎とやら、おぬし、わしの弟子を尾けたのか」
「えっ」
仰天して仰け反るや、背後から殺気が迫った。

振りむく暇も与えられず、棍棒のようなものが振りおろされる。

――がつっ。

脳天を割られた。

と、おもったのもつかの間、卯三郎の意識は暗転した。

四

目を覚ましてみると、黴《かび》臭い土蔵のなかで手足を縛られていた。

誰かの声がする。

「ほう、こやつか」

近くから龕灯《がんどう》を照らされ、目を開けることもできない。

わずかに動いただけでも、頭が割れるほど痛む。

そうだ、棍棒のようなもので撲《なぐ》られたのだ。

次第に記憶が甦るとともに、死への恐怖も募った。

「……お、おぬしらは誰だ」

「おっ、喋ったぞ。ちと、痛めつけてやれ」

「はっ」

光が遮られ、人影が迫ってきた。

――ばすん。

いきなり脇腹を蹴られ、息が詰まる。

「ふん、口ほどにもないやつめ」

蹴った男の面相が、ちらりと視界を過《よ》ぎった。

異様な光を放ったのは左目だけだ。

右目は白い布で隠されていた。

怪我をしているのか。

あっ、と心のなかで叫ぶ。

能勢新八郎の顔が、ふいに浮かんだ。

「こやつにやられたのは、勝矢《かつや》と赤井《あかい》にございます。ふたりに使いを出せば、飛んでまいりましょう」

「痛めつけてもかまわぬが、殺めてはならぬぞ。こやつ、鬼役の子らしいからな」

こちらの素姓を知っている。やはり、腹を蹴ったのは、串部に右目を潰された能勢にちがいない。そして、勝矢と赤井とはおそらく、卯三郎が昏倒させた悪仲間だろう。

そうなると、能勢に痛めつけろと命じたのは、石動幻斎であろうか。

いや、ちがう。声がまったくちがう。もっと若い男だ。

物陰から門脇家の様子を窺っていた月代侍かもしれぬ。

そやつは尾行に勘づいていた。わざと尾行されたふりを装い、自證院裏の虎口《ここう》まで導き、後ろから棍棒で撲ったのだ。

「隼人さま、鬼役がどうしたと言うのです」

「おぬし、矢背蔵人介という名を知らぬのか」

「はて、知りませぬな」

「幕臣随一の遣い手だ。親父どのからも聞いたことがある。幕臣に遣い手は何人もおるが、矢背蔵人介だけは別格とな」

「甲源一刀流《こうげんいっとう》御師範の御父上がさように仰せなら、疑う余地はありますまい。されど、父親がいくら強くとも、こやつを生かして帰すわけにはまいりませぬぞ」

「誰が生かすと言った。時期を早まるなと言うておるのだ。こやつを餌にいたせば、鬼役を誘いだすこともできよう。ひょっとしたら、刺客に使えるやもしれぬ」

「なるほど」

と、能勢らしき男は膝を打つ。

「鬼役は上様が遠出の折、お側に控えねばならぬ役目ゆえ、幕閣のお偉方は油断いたしましょう。鬼役ならば、われらの狙う的《まと》に近づく好機も得やすい。ふふ、さすが隼人さま、希代《きたい》の策士であられますな」

「褒め言葉には聞こえぬが、まあよかろう」

「されど、的の首に一千両もの賞金が懸かっておるというのは、にわかに信じられぬはなしにござりますな」

「上知令のおかげだ。あれで、懸賞金の額は何倍にも跳ねあがった」

「出所は武家ですか、それとも、商人ですか」

「よくはわからぬ。ただし、信頼の置ける相手だと、親父どのは仰せであった。もっとも、親父どのは金など要らぬと仰せでな、的の命さえ獲ることができればそれで満足らしい」

「よほど恨んでおられるのですな」

「あたりまえだ。あやつのせいで、出世の道を閉ざされたのだからな」

「いずれにしろ、的さえ射止めれば、われらは大金を手にできましょう」

「それが唯一無二の目途よ。されどな、市中にひとたび混乱をもたらせば、御政道への不平不満は沸騰する。さすれば、懸賞金の額は今よりもっと吊りあがるぞ。幻斎はそのために必要な男だ」

「承知してござります」

しばしの沈黙ののち、能勢らしき男が口をひらいた。

「して、新御番士の娘は、いかがでござりましたか」

「ふふ、そそられたわ。あれほどの縹緻良《きりよう》しは、なかなかおらぬ」

「で、ござりましょう。隼人さま好みの娘と、ひと目で見抜きましたぞ」

「今少しの辛抱だな。嫁になれば、こっちのものさ。何をしても許されるし、誰にも文句は言わせぬ」

「羨《うらや》ましゅうござります」

能勢は涎《よだれ》をわざと啜りあげ、頭を軽く小突かれたようだった。

「親父どのは、わしをお役に就けたがっておる。されど、独り身ではなかなか、これといったお役に就けぬらしゅうてな、それで嫁取りを急いでおられるのだ。ところが、同格の大身どもはわしの行状《ぎょうじょう》を調べ、ことごとく縁談を断ってきおった。困った親父どのは格下の連中に目をつけ、新御番士の門脇杢之進に白羽の矢を立てた」

「かつて、御父上と同門であられたと伺いました」

「剣術道場で鎬《しのぎ》を削った仲だとか。それゆえ、声さえ掛ければふたつ返事で応じるとおもうたが、門脇は生意気にもこたえを渋った。格のちがいを理由にしたらしいが、それは表向きのはなし、おおかた、わしのよからぬ噂を耳にしておったのであろう。それゆえ、わしはおぬしらを使い、強引な手に出た。娘を暴漢に襲わせれば、門脇も焦って背中を押されると踏んだのさ」

「隼人さまの目論《もくろ》みどおり、事は上手くはこびそうですな」

人は瀬戸際まで追いこまれると、厄介事を性急に解決したがるものだ。なるほど、見事に人の心理を読みきったやり口と言うべきかもしれぬ。

「ふふ、門脇は親父どののもとへ挨拶に来よった。娘をよしなにお願いしますと、畳に両手をついたそうじゃ」

「それは重畳《ちょうじょう》にござります。おもわぬ邪魔もはいりましたが、頑固な父親の翻意《ほんい》を促したとすれば、こやつも役に立ったと申してよろしいかと」

「そう考えれば、こやつにも感謝せねばなるまい」

隼人と呼ばれた男が立ちあがり、どんと脇腹に蹴りを入れてくる。

「うっ」

息を詰まらせながらも、卯三郎はどうにかして逃れる術を考えていた。

もはや、まちがいない。男の正体は佐土原隼人、門脇家とのあいだで縁談をすすめている大身旗本の嗣子《しし》なのだ。

ふたりが土蔵から去ると、視界は漆黒の闇に閉ざされた。

目を開けているのかどうかさえ判然とせぬ。

されど、一刻も早くここから逃れ、悪党どもの企てを阻まねばならなかった。

隼人たちが命を狙う的の正体も気になったが、何をさておいても、佐土原家と門脇家の縁談を阻止せねばならない。

香保里どのを救うのだ。

その一念で、卯三郎は縄抜けをこころみた。

手は後ろ手にきつく縛られ、余った綱で太い柱に繋がれている。

足首もきつく縛られているが、幸いにも歯を使うことはできた。

柔らかいからだを屈折させ、まずは足首の細綱を嚙みちぎろうとする。

苦労しながらも半刻（一時間）ほど同じ仕種《しぐさ》をつづけると、縄がぷつっと切れた。

どうにか立ちあがり、踏んばってみる。

したたかに痛めつけられたが、骨は折れていないようだ。

次第に暗闇に目も慣れてくる。
柱の周囲を彷徨いてみると、何かが部屋の隅に転がっていた。
寝そべって爪先を伸ばし、どうにか近くまで寄せることができた。
「龕灯か」
留金を上手に使えば、縄を切ることができるかもしれぬ。
さらに一刻《いっとき》（二時間）余り、卯三郎は留金に縄を擦りつづけた。
――ぶちっ。
縄が切れた瞬間、感極まってしまう。
汚れた袖で涙を拭き、入り口のほうへ向かった。
開き戸は分厚い石の扉で、びくともしない。
外から閂がさされているのだ。
「くそっ」
扉を力任せに敲《たた》こうとしたとき、折良く、話し声が聞こえてきた。
冷たい扉に耳をつけると、あきらかに、人の気配が近づいてくる。
閂の外された音につづいて、ぎっと扉が開いた。
がらんとした暗がりに、龕灯の光が照射される。

のっそりはいってきた人影はふたつ、卯三郎はさきにひとりをやり過ごし、後ろのひとりに当て身をくれる。

「うっ」

やり過ごしたほうが振りむいた。

鼻面をめがけ、拳を埋めこむ。

「びぇっ」

月代侍が鼻血を散らし、その場に頽《くずお》れていった。

倒れたふたりは勝矢と赤井、香保里を襲った連中だろう。

ひとりの腰には、みおぼえのある拵えの刀が差してある。

十人抜きの祝いに斎藤弥九郎から貰った秦光代であった。

「まだ運があるな」

卯三郎は銘刀を腰に差し、扉の隙間から外へ逃れる。

夜風が身に染《し》みた。

辺りは暗く、見上げた空には月がある。

おそらく、亥ノ刻を過ぎたあたりだろう。

撲られてから、一日しか経っておらぬようだ。

少しばかり気が楽になると、急に腹が減ってきた。

階《きざはし》を降りて振りむけば、朽ちた堂宇《どうう》が建っている。

放りこまれていたのは土蔵ではなく、阿弥陀《あみだ》堂か何かであった。

深い藪を掻き分けながら抜けると、蛙の鳴き声が一斉に聞こえてくる。

氏神《うじがみ》の御神木なのか、苔生《こけむ》した馬頭《ばとう》観音の背後に欅《けやき》の大木が枝を広げていた。

「待っててくれ、香保里どの」

行く先すらわからぬ田圃の畦道《あぜみち》を、卯三郎はふらつきながらも駆けつづけた。

五

どこをどうたどったのか、よくおぼえていない。

ひたすら高台をめざし、たどりついた土手際から下を覗くと、黒い水面に下弦の月が浮かんでいた。

「御濠か」

かたわらには、南天桐《なんてんぎり》の大木が聳《そび》えていた。

首吊りの名所としても知られる喰違《くいちがい》であろう。

土を盛った御門を越えれば、紀尾井《きおい》坂の下りとなる。
一気に駆けおり、大横町《おおよこちょう》を左手に折れて麴町《こうじまち》大路へ躍りでた。
御納戸町へ戻るのなら、喰違の手前で濠端を左へ進んでいただろう。
みなは案じているだろうが、家に戻る気はさらさらなかった。
麴町三丁目のさきを左手に折れ、迷いもせずに御厩谷を進む。
足を留めたのは、門脇邸の門前だった。
何としてでも、縁談を断ってもらわねばならぬ。
おもうのはその一点のみ、卯三郎は躊躇《ためら》いもみせず、拳で門を敲きつづけた。
——どんどん、どんどん。
やがて、かたわらの潜り戸が開き、下男が間抜けな顔を差しだす。
「どなたさまで」
「矢背卯三郎と申す。火急《かきゅう》の用件があるゆえ、門脇さまにお目通り願いたい」
「はあ、少しお待ちを」
しばらく待っていると、正門が徐々に開きはじめた。
織部《おりべ》灯籠《とうろう》に火が灯り、百日紅の花が凄艶《せいえん》に浮かびあがる。
門脇杢之進がひとり、悄然《しょうぜん》とした面持ちで近づいてきた。

卯三郎の汚れた風体をみつめ、静かな口調で問うてくる。

「火急の用件とは何か」

「はっ、香保里どののご縁談につき、お断りいただきたく存じまする」

「何故じゃ」

「佐土原隼人は、香保里どのを襲った暴漢どもと通じております。門脇さまのご決断を促すべく、隼人めは手下どもに命じ、わざと香保里どのを襲わせたのでございます」

門脇は顔色も変えず、三白眼《さんぱくがん》に睨みつけてくる。

「はなしは、それだけか」

「えっ」

「ほかにはなしがないなら、早々に帰るがよい」

さきほどの下男があらわれ、門を閉めようとする。

「お待ちを。門脇さま、それがしのはなしをお信じください。佐土原隼人はとんでもない悪党にござります。香保里どのを嫁がせてはなりませぬ。不幸になるのは、火をみるよりもあきらかにござります」

門脇はあくまでも冷静さをくずさない。

「杢太郎が世話になっておるゆえ、おぬしにひとことだけ言うておく。他家の事情に首を突っこむでない。わかったら、去《い》ね。二度と、ここへは来るな」

厳めしい正門が一気に閉められた。

「お待ちを、お待ちくだされ」

卯三郎は門に張りつき、拳で何度も敲きつづける。

四半刻《しはんとき》(三十分)ほど粘ったものの、ついに門は開かれず、仕方なく踵を返すしかなかった。

「香保里どの……」

ことばが足りなかったのだろうか。

父親を説得できない自分に腹が立ってくる。

こうなれば、誠意をみせるしかない。

卯三郎は襟を整え、道端に正座した。

はなしを聞いてくれるまで梃子《てこ》でも動かぬと、勇んで座りこんだものの、四半刻ほどすると、睡魔が襲ってくる。

居眠りしそうになるたびに、腿《もも》を抓《つね》って耐えた。

何度も欠伸《あくび》を嚙み殺し、重厚な門を睨みつける。

木目が怒った門脇の顔にみえ、叱責されているような錯覚に陥った。

おぼえていたのは、おそらく、そのあたりまでだろう。

目を覚ましてみると、畳のうえに寝かされていた。

襖障子は開けはなたれ、朝の光が射しこんでいる。

見慣れた中庭には、合歓《ねむ》の花が咲いていた。

ここは御納戸町の家にちがいない。

「起きたのかえ」

志乃が枕元に正座し、団扇《うちわ》を揺らしている。

「戸板で運ばれてきてから、丸一日寝ておったのう」

「……ま、まことにござりますか」

跳ね起きようとしたが、頭がずきんと悲鳴をあげた。

「無理をするでない。頭の後ろに傷を負っておったぞ。棍棒か何かで撲られたのか」

「……は、はい」

返事をした途端、ぐうっと腹の虫が鳴った。

「忙しい御仁じゃのう」

そこへ、幸恵がやってくる。

運んできた膳には、梅茶漬けが載っていた。

「そっと啜るがよい。火傷《やけど》をせぬようにな」

志乃に釘を刺されたにもかかわらず、卯三郎は茶碗を手に取るや、息もせずに茶漬けをかっこんだ。

「されば、お代わりを」

幸恵は空の茶碗を受けとり、すっと立ちあがる。

腹が少しだけ満たされると、頭のほうも冴えてきた。

卯三郎は蒲団から抜けだし、団扇を止めた志乃と対座する。

「それがしは、番町から運ばれてきたのですか」

「そうじゃ。門脇杢之進から急の使いがあってな、串部と吾助《ごすけ》が戸板を抱えて駆けつけたら、おぬしが道端に仰向けで寝ておった。じつは、門脇杢之進もここへやってきたのじゃ」

「えっ、門脇さまが」

「あの頑固者め、ご近所の手前、門前であらぬことを叫んだり、座りこみなどされては困る。一時の乱心かもしれぬゆえ、しっかり治療させておくようにと抜かしおってな、まこと慇懃《いんぎん》無礼な男じゃ」

「ほかに何か、門脇さまは仰いませんでしたか」

「言うておらぬ。おぬしが誰に、何の狙いがあって傷を負わされたのか、問うても何ひとつ知らぬようでな、蔵人介どのに向かって、ご子息を二度と寄こしてくれるなと言いのこし、そそくさと帰りおったわ」

卯三郎は唾を呑み、首を差しだす。

「養父上はご出仕ですな」

「そうじゃ」

「それがしのありさまをご覧になって、何と仰せでしたか」

「無理に事情を聞かず、今は寝かしておこうと申した。喋りたいことがあれば、わたくしが聞いてやってもよいぞ」

「はあ」

「何やら、浮かぬ返事じゃな。喋りたくないのか」

卯三郎は押し黙る。

志乃や幸恵に迷惑を掛けたくないとおもったのだ。

もちろん、佐土原父子の企てについては調べねばなるまい。

蔵人介や串部には、一昨晩の経緯を詳しくはなすつもりでいる。

だが、志乃と幸恵は隠密御用を与りしらぬゆえ、蔵人介から厄介事を告げぬようにと命じられていた。

志乃は小首をかしげ、顔を覗きこんでくる。

「おぬし、もしや、門脇家の娘に惚れておるのか」

「へっ」

「その間抜け面、どうやら、図星のようじゃな。されど、おぬしの恋は実らぬぞ。噂によれば、娘には縁談が来ておるそうではないか」

「わかっております」

「いいや、わかっておらぬ面じゃ。おぬし、まさか、恋に狂うて、門脇杢之進に破談を申し入れたのではあるまいな。だとすれば、一時の乱心と言われても詮無いはなし、腹の立て損というよりほかにない」

志乃に叱られたので戸惑っていると、幸恵が膳を運んできてくれた。

こんどは茶漬けではなく、炊きたてのご飯に、とろろが添えてある。

「精のつくものをとおもいましてね」

「かたじけのうございます」

膝元に置かれた膳のうえで、味噌汁が湯気を立てていた。

卯三郎の好きな京風の白味噌仕立てで、汁をひと口ふくめば、香ばしさがすうっと鼻に抜ける。

「生きかえった心地にござります」

「それはようござりました」

はなしの腰を折られたのが気に食わぬのか、志乃は仏頂面《ぶっちょうづら》で腰を持ちあげた。

「恋は夏風邪よりも質《たち》が悪い。それをよう、おぼえておくことじゃ」

恐ろしげな捨て台詞が胸に刺さる。

幸恵は片方の眉をすっと吊りあげた。

卯三郎は熱々のごはんにとろろを掛け、ずるずると威勢よく啜る。

「くうっ」

至福とは、おそらく、このことを言うのであろう。

だが、いくらとろろを啜っても、心の疼《うず》きは収まらない。

やはり、恋をしているのだろうかと、卯三郎はおもった。

六

三伏《さんぷく》の猛暑がつづくなか、水無月も二十日を過ぎると大川端《おおかわばた》では水垢離《みずごり》がはじまる。

勇《いさ》み肌の男たちが褌《ふんどし》姿で大勢集まり、首まで水に浸かりながら声を合わせて祝詞《のりと》を唱えるのだ。

「懺悔《さんげ》懺悔六根罪障《ろっこんざいしょう》、大峰八大金剛童子《おおみねはちだいこんごうどうじ》、大山大聖不動明王《おおやまだいしょうふどうみょうおう》、石尊《せきそん》大権現、大天狗《てんぐ》小天狗……」

多くは、鳶《とび》や大工などの職人である。火消しや黒鍬者《くろくわもの》も、刺青《ほりもの》を入れた荒くれ者も、大勢混じっていた。水垢離を終えた連中は講中《こうじゅう》をつくり、先達もろとも白装束に身を包んで相模《さがみ》国の大山詣でに旅立つ。

病平癒《へいゆ》や利生《りしょう》を願う垢離場《こりば》には、川に降りられるように石段が築かれ、川底には石畳が敷きつめられていた。それゆえ、男たちは溺れる心配をせずに川へ降りていく。今や川の東寄りは人の頭で埋めつくされ、頭という頭が蠢《うごめ》きながら帯となって流れていく光景は圧巻以外の何ものでもない。

川面には大小の伝馬船《てんません》が浮かび、梵天《ぼんてん》の御幣《ごへい》を靡《なび》かせながら疾駆《しっく》する船も見受けられる。船首に立つ山伏《やまぶし》は高らかに法螺貝《ほらがい》を吹き、男たちの荒ぶる心をいやが上にも揺さぶった。

土手の一角には御成席が設《しつら》えられ、物々《ものもの》しい武家の集団が十重二十重《とえはたえ》に取り囲んでいる。川垢離にそぐわぬ光景にもおもわれたが、夕刻あたりからお忍びで公方が観覧することはままある。

なるほど、集団のまんなかでは、公方家慶が盃を片手にしつつ、赭《あか》ら顔ではしゃいでいた。

「ふはは、あっぱれ、壮観なり」

家慶は「蟒蛇《うわばみ》将軍」と綽名されるほど酒が強いので、肴もさまざまに取りそろえておかねばならず、なかでも好物の葉生姜《はしょうが》を絶やすことはできない。

蔵人介は毒味役として、配膳に心を配る御小姓衆《おこしょうしゅう》の背後に控えていた。

御成席は幔幕《まんまく》に覆われているわけではなく、家慶の鉢頭《はちあたま》が間近にみえる。

周囲の床几には幕閣のお偉方も座しており、老中首座の水野越前守忠邦や土井大炊頭利位《おおいのかみとしつら》などの横顔を窺うこともできた。

家慶は長い顎で葉生姜を咀嚼《そしゃく》しながら、疳高《かんだか》い声を発してみせる。

「水無月と申せば祭りの月じゃが、そこな越前の進言を入れ、今年も派手派手しい鳴り物や山車《だし》は罷《まか》りならぬとの触れを出した。町人たちはさぞや鬱々としておろうと、胸の裡《うち》で案じておったが、さにあらず、こうして垢離場の賑わいをみれば杞憂《きゆう》にすぎなんだわ。のう、大炊《おおい》」

近頃は口うるさい水野越前守ではなく、おっとり構えた土井大炊頭のほうに家慶は同意を求めたがる。大炊頭も心得たもので、当たり障りのない返事をするのだが、幕閣のお歴々もこうしたやりとりを顔色も変えずに聞きながしていた。

ただし、水野忠邦への信頼が薄れた証左《しようさ》と受けとる者も、少なからずいるはずだ。上知令の発布以降、領地替えで損をすることになる諸侯たちは不平不満を腹に溜め、吐きだす機会をじっと窺っているようにも感じられた。

じつは、次席老中に位置づけられる土井利位も、忠邦から摂津《せっつ》の飛び地一万二千石余りを上知するように命じられており、ごく親しい者たちにたいしては愚痴を吐いているという。

ともあれ、幕閣内に漂うぎくしゃくとした空気を、家慶は川風で吹き飛ばしたいとでもおもったにちがいない。常にもないほどのはしゃぎ振りを眺めながら、蔵人介はそんなふうに勘ぐった。

それにつけても、卯三郎から告げられたはなしが気に掛かる。

幕閣重臣の命を狙う佐土原父子の動きもさることながら、何者かが石動幻斎なる偽兵法者を扇動役に使って、大掛かりな打ち毀しを画策しているのだという。南町奉行の鳥居耀蔵も不穏な空気を察し、日本橋の米河岸辺りに警戒の網を張っているらしいが、それだけでは不安を拭いきれなかった。

家慶を守る護衛の数は、たしかに常よりも多い。御小姓組のほかに、新御番士からも何組か動員されているので、おそらく、百五十人は超えていよう。新御番士のなかには門脇杢之進のすがたもあり、さきほど目礼だけはしておいたが、挨拶を交わす余裕もなかった。

ともあれ、市中に暴動が起きかねぬ情況下で家慶が城を出てきたことも、軽率《けいそつ》すぎはしないかとおもわざるを得ない。

案の定、陽光が西にかたむきかけたころ、河原一帯に異変が勃《お》こった。

夕暮れになれば、両国橋《りょうごくばし》の遥か高みに花火が一斉に打ちあげられる。家慶主従としては花火見物もする肚積もりでいたところへ、水垢離に及んでいた勇み肌の連中がどっと雪崩《なだ》れこんできたのである。

「ぬわああ」

天をも衝《つ》かんとするほどの怒声が轟《とどろ》き、突如、川の一部が割れたかにみえた。人の流れが逆しまになり、鬼のような形相《ぎょうそう》をした連中が御成席のほうへ向かってくる。手にしているのは鍬や鎌、梵天《ぼんてん》のかわりに「天誅《てんちゅう》」と記された筵旗まで翻っていた。

「上様を逃《か》せ。大橋のうえに逃すのじゃ」

声を嗄らす水野忠邦の命に応じ、家慶と御小姓の一団がちぎれた雲のように離れていった。

蔵人介もしんがりにつづいたが、家慶のそばには土田伝右衛門《つちだでんえもん》のすがたもある。伝右衛門は尿筒《しとづつ》持ちの公人朝夕人《くにんちょうじゃくにん》、いざとなれば公方を守る最強の盾となるはずだ。

後ろからは、万石大名でもある幕閣のお歴々たちが必死に追いすがってくる。御小姓も新御番士も家慶を守るのに必死なので、そちらの警固は手薄だった。それでも、詮無いこととして捨ておき、どうにか両国橋の手前までたどりつく。両国橋さえ渡りきれば、暴徒と化しつつある群衆の波に呑みこまれずに済むだろう。

家慶と警固の一団はひとかたまりになり、両国橋の西詰めへと遠ざかっていった。

蔵人介は踏み留まり、首を捻って背後をみやる。

土井利位などの重臣たちが追いすがってきたものの、水野忠邦だけはひとり大きく遅れていた。

まるで、合戦場《かっせんば》から逃れる敗戦将軍のごとき様相である。

守るのは新御番士の一部のみ、数は二十を切っていよう。

それにたいし、襲いかかってくる群衆は、何百にも膨《ふく》れあがっている。

桟橋に近づく大伝馬船のうえでは、派手な法被《はっぴ》を纏った総髪の男が大声で何か叫びながら陣太鼓《じんだいこ》を叩いていた。

ひょっとしたら、卯三郎の言っていた石動幻斎なる怪士《あやかし》であろうか。

呪術《じゅじゅつ》によって人々の心を操り、市中に擾乱《じょうらん》をもたらす輩かもしれない。

「うわっ」

炎に包まれた大八車が、土手のうえから逆落としに転がっていった。

新御番士たちのあいだを猛速で通りぬけ、裸の連中を薙《な》ぎ倒していく。

さらに、火車《かしゃ》の轍《わだち》をたどるかのように、浪人の一団が襲いかかってきた。

食いつめ者が、四、五十人はいようか。

いずれも目の色を変え、白刃を頭上に掲げている。

卯三郎から聞いた賞金首のはなしをおもいだした。
「狙いは、水野さまか」
蔵人介は吐きすて、はっとばかりに袂をひるがえす。
もはや、躊躇《ちゅうちょ》している情況ではない。
修羅場《しゅらば》へ躍りこむや、愛刀の鳴狐《なきぎつね》を抜きはなった。
――きゅいん。
一合《ごう》交えたのち、ひとり目の浪人を大上段に斬りさげる。
「ぬぎゃ……っ」
凄まじい断末魔《だんまつま》の叫びと血飛沫の量に、味方も敵も驚愕《きょうがく》した。
――ばすっ、しゅっ、ばすっ。
間髪《かんはつ》を容《い》れず、蔵人介は三人を斬り、死地に蹲《うずくま》る水野を背に庇う。
「矢背どの」
至近から、誰かが声を掛けてきた。
門脇杢之進である。
顔に返り血を浴びていた。
隙をみせた門脇の背に、浪人ふたりが牙を剝く。

蔵人介は身を寄せ、ふたりを難なく斬りふせた。

門脇は頭を垂れる。

「……か、かたじけない」

「何の。ここはそれがしにお任せを。貴殿は越前守さまを大橋へ」

「かしこまった」

蔵人介は土手のうえから、わざわざ修羅場へ戻ってきた。

それがわかっているだけに、門脇は涙目で応じてみせる。

「みなのもの、越前守さまをお守りせよ」

「おう」

門脇に鼓舞《こぶ》され、新御番士たちは水野の盾となった。

そこへ、橋向こうから新手の一団がやってくる。

敵かとみれば、捕り物装束を纏っていた。

鳥居耀蔵の配下であろう。

遅ればせながら、駆けつけたのだ。

「捕り方だぞ」

浪人どもはたじろぎ、及び腰になる。

ほっとした隙を狙うかのように、遠くのほうで弦音《つるおと》が響いた。

——びゅん。

耳にしたのは、蔵人介ひとりだったにちがいない。

矢は黒い筋を描き、水野の眉間にまっすぐ迫った。

当たりだ。

狙った刺客は、ほくそ笑んだであろう。

だが、矢は弾かれた。

——きゅいん。

鳴いたのは「鳴狐」の異名を持つ刀だ。

水野忠邦は、蔵人介に窮地を救われたのである。

敵どもが怯《ひる》んだ隙に、水野たちは両国橋のほうへ逃れていった。

一方、蔵人介はひとり、迫りくる群衆のただなかを駆けている。

土手のうえに立つ水野や門脇からみれば、一陣の疾風《しっぷう》が人の波を裂いていくかにみえた。

今や、鳴狐は鞘の内にある。

蔵人介は桟橋に着くや、とんと縁を蹴りあげた。

「やっ」

中空で抜刀する。

大伝馬船には、石動幻斎らしき男が立っていた。

「おのれ、何やつ」

重々しく叫び、腰の刀を抜きにかかる。

が、遅い。

ばっと、首を刎《は》ねられた。

と同時に、狂気に駆られた群衆の動きが止まる。

一瞬の静寂ののち、我に返った連中が蜘蛛《くも》の子を散らすように逃げだした。

「ふわああ」

やはり、あやかしの術でもかけられていたのだろうか。

蔵人介は樋《ひ》に溜まった血を切り、鳴狐を黒鞘に納めた。

七

家慶も水野忠邦も、身をもって群衆の恐ろしさを感じたにちがいない。

垢離場は合戦場と化したやにおもわれたが、終わってみれば「死屍累々《ししるいるい》」と表現するにはいたらず、食いつめた浪人どもの屍骸《むくろ》が何体か頭陀袋《ずだぶくろ》のように散乱しているだけだった。

家慶は一夜明けた今朝方から平常どおりの政務に就き、御前で悪夢のごとき出来事に触れる者はいないという。水野たち幕閣のお歴々も何食わぬ顔で登城していると聞き、非番で家にいる蔵人介は妙な気持ちにさせられた。

志乃や幸恵は垢離場での活躍を褒めてくれたが、あたりまえのことをしただけのはなしだ。

急いで調べるべきは、浪人どもをけしかけた者の正体であろう。

矢を放った刺客も、まだみつかっていない。石動幻斎の裏には黒幕がいるはずで、さっそく串部に命じて卯三郎の関わった佐土原父子を調べさせてはいるものの、本来であれば命を狙われた水野が率先してやるべきことのように感じられてならなかった。

「以前の覇気《はき》がなくなったような」

今から二年前の卯月十六日、水野忠邦は御政道の中心に躍りでた。

その日にあった驚嘆すべき出来事を、蔵人介も近くで同じ空気を吸っていた者として鮮やかにおぼえている。

老中首座の忠邦は朝の四つ半に出仕すると、すぐに公方家慶から中奥の御座之間《ござのま》へ召しだされ、人払いののちに密談を交わした。そののち、御用部屋に戻って処すべき書状を決済するなど、平常どおりに手際よく公務をこなしていった。

老中の御用部屋は「屏風様太鼓張り」と呼ばれる見事な襖で仕切られている。評定《ひょうじょう》などの際、忠邦は奥の上座に座り、大老《たいろう》の井伊掃部頭直亮《いいかもんのかみなおあき》が対座した。つづいて、老中の着任順に堀田備中守正篤《ほったびっちゅうのかみまさひろ》と土井大炊頭利位が向きあって座り、月番老中の太田備後守資始《おおたびんごのかみすけもと》が左右を見渡すことのできる下座に落ちついた。

事案の記された書状は扇子に挟んで畳を滑らせ、功労のあった勘定組頭の表彰なども粛々《しゅくしゅく》とおこなわれていった。忠邦は終始穏やかな様子であったが、茶坊主の先導で御側御用取次《おそばごようとりつぎ》の水野美濃守忠篤《みずのみののかみただあつ》があらわれるや、波瀾《はらん》の幕が切って落とされた。

美濃守は逝去した前将軍家斉の寵臣《ちょうしん》、長期にわたって権力の中枢に居座り、老中首座といえども遠慮せねばならぬ相手であった。横柄《おうへい》に構える美濃守のもとへ、忠邦はするすると近づいた。そして、真上から「上意である」と、恫喝《どうかつ》したのである。

列席するお歴々は何も聞かされておらず、頰を強張《こわば》らせて平伏するしかなかった。

忠邦は相手に抗弁する暇を与えずに「御役御免《おやくごめん》の上、菊之間縁頬《えんほお》詰めを仰せつける」と発した。すぐさま、目付ふたりが近づいて美濃守を引きずり起こし、有無を言わさずに外へ連れだしたのだ。

多大な権力を行使しつづけた美濃守は、目付に背中を突かれながら廊下を歩かされていった。家斉の三佞臣と揶揄された若年寄の林《はやし》肥後守《ひごのかみ》と新番頭《しんばんがしら》格の美濃部筑《みのべちく》前守《ぜんのかみ》も時を置かず、厳しい仕置きを申しわたされた。

この日から、忠邦の「改革」は嵐のごとく吹き荒れるようになったが、あっという間に政敵を一掃した手並みは鮮やかと言うよりほかになかった。

「いったい、あの覇気は何処へいったのか」

蔵人介が首を捻っていると、玄関先に来訪者があらわれた。

誰かとおもえば、門脇杢之進である。

先日のような正装ではなく、気軽な扮装《いでたち》であらわれ、表情も別人のように和らいでいた。

さっそく客間に迎えると、門脇は畳に両手をついた。

「昨日は命を助けていただき、まことに御礼のしようもござらぬ」

すかさず、蔵人介はこたえた。

「御礼を言われる筋合いはありませぬ。あたりまえのことをしたまでにござる」

「何を仰る。上様の防《ふせぎ》はわれら新番士の役目、鬼役本来のお役目ではありますまい。しかも、逃れることができたはずなのに、矢背どのはたったひとりで果敢《かかん》にも大橋から戻ってまいられた。矢背どののご加勢がなくば、それがしは今ごろ、ここに座っておらなんだに相違ない」

門脇はしみじみと、本心を吐露《とろ》しつづけた。

「それがしなんぞより、水野越前守さまを死なせずに済んだ。それが何よりも大きい。御政道の舵取りをなされる御老中が水垢離の混乱に紛れて命を落としたとなれば、幕府の面目は地に堕ちましょう。矢背どのはそれを食いとめた。徳川家を救ったと申しあげても過言ではない」

「お止めくだされ。それがしの力ばかりではありませぬ。門脇さまたちが命懸けで奮戦されたおかげです」

門脇は眸子を細め、おもいがけない台詞を漏らす。

「御老中も褒めておいででしたぞ」

「えっ、水野さまが」

「いかにも」

捕り方を引きつれて駆けつけた鳥居耀蔵には「遅い」と一喝し、返す刀で「鬼役のはたらきぶりは見事であった」と、みなのまえで言ったらしい。

「おそらく、日を置いてお召しがござりましょう」

褒美でもくれるのだろうか。

「困りましたな」

「何も困ることはござらぬ。矢背どのは、御老中から褒められるだけのはたらきをなされた。それがし、手土産を用意する暇もなく馳せ参じた理由は、どうしても矢背どのに謝らねばならぬとおもうたからにござる」

蔵人介は首をかしげた。

「はて、何のことでござりましょう」

「先般の無礼な態度を詫びねばなりませぬ。矢背どののご活躍を間近にいたし、侍の初心をおもいだしたのでござる。忠義に石高の上下はない。それがしは長らく、だいじなことを失念していた。柄にもなく出世なんぞに色気を出し、身の程をわきまえぬ縁談をすすめてまいりました。そのことを深く恥じ入るとともに猛省《もうせい》し、さっそく、ご先方に断りを入れる所存にござる」

断りを入れる相手というのは、串部に調べさせている寄合の佐土原家だ。卯三郎から香保里のことも聞いていたので、胸の裡ではほっと安堵の溜息を吐いた。

「さようでござりましたか。いや、よくぞご決断なされた」

「矢背どののおかげでござる。これを縁に、親しいおつきあいができればありがたいのだが」

「のぞむところにござります」

襖障子がすっと開き、幸恵がにこやかに酒膳を運んできた。

おおかた、戸口で機を窺っていたのだろう。

「されば、一献」

蔵人介は膝を寄せ、門脇の盃に上等な諸白を注いでやる。

幸恵は一度居なくなり、緑葉を敷いた大笊を抱えてきた。

大笊のうえには、立派な鱸《すずき》が載せてあった。

しかも、女中頭《じょちゅうがしら》のおせきが俎板《まないた》と包丁を携えてくる。

面食らう蔵人介に向かって、幸恵が微笑みかけた。

「旬の鱸にござります。せっかくですので、門脇さまの御前でさばいて差しあげてはいかがでしょう」

門脇がすかさず、膝を打つ。

「おもしろい。是非とも、お願い申しあげる」

「されば」

蔵人介はうなずき、幸恵に渡された白襷を着けた。

俎板に置いた鱸は、三百匁《もんめ》ほどはある脂の乗った代物だ。

蔵人介は片膝立ちになり、右手に軽々と包丁を握るや、流れるような仕種で身を三枚におろした。

皮を引き、薄くそぎづくりにしていく。

そして、幸恵の用意した冷水に身を晒し、表面が縮れるほどになったら、冷水を何度か取りかえて洗い、最後は水を切って、ひんやりとした状態のまま大皿に白い花弁《はなびら》のごとく盛りつけた。

とにかく、手際がよい。

所作は息を呑むほど美しく、門脇はすっかり魅了されたようだった。

いつのまに用意したのか、つまには青紫蘇《あおじそ》や花胡瓜《はなきゅうり》や独活《うど》などもある。

蔵人介が襷を外すわずかな隙に、幸恵は素早くふたりの酒膳を整えた。

「さ、ご賞味を」

門脇は促されて箸を持ち、花弁を一枚掬《すく》いあげる。

煎《い》り酒《ざけ》や蓼酢《たでず》につけてもよいが、お薦めは岩塩を少し。

口に入れた途端、門脇の顔から笑みがこぼれた。

「これは美味い。恐れいった」

素材の良さもさることながら、鬼役の力量に圧倒されたのだ。

門脇は何度もうなずき、仕舞いには目に涙まで浮かべてみせる。

蔵人介は幸恵にさり気なく感謝の気持ちを伝え、みずからも江戸前の鱸を心ゆくまで味わった。

八

翌日。

香保里の父が駿河台の佐土原邸へおもむき、縁談をきっぱり断ったと聞いた。

教えてくれたのは、弟の杢太郎である。

跳びはねたくなるほど嬉しかったが、卯三郎は顔には出さぬようにつとめた。

喜んでばかりもいられない。痛めつけられた怪我はほとんど快復したが、佐土原隼人とおぼしき悪党はこちらの素姓を知っている。能勢新八郎との聞かれたくない会話も聞かれてしまったことだし、かならず、何らかの手を打ってくるにちがいない。暢気《のんき》に構えているわけにはいかなかった。

しかも、串部から聞いたはなしでは、水垢離の暴動で石動幻斎らしき男が蔵人介に首を刎ねられたという。食いつめた浪人たちが命を狙ったのは、どうやら水野忠邦のようであったが、目途を達せられなかったことで敵の動きも変わってこよう。

そもそも、敵が誰なのかも判然としなかった。佐土原家がいくら大身旗本とはいえ、五十人からの浪人を雇うだけの費用が捻出できるとはおもえない。

浪人たちを雇った者の正体は誰なのか。そして、水野にどんな恨みがあるのか。

卯三郎はそれらのことを蔵人介にも串部にも相談せず、ひとりであきらかにしたいと考えていた。

相談すれば、解決策はみつかるかもしれない。だが、ふたりに頼っているうちはいつまでも一本立ちできぬし、こたびの件には香保里も関わっている。何とか自力で突破口をみつけ、解決の道筋を見極めたい。

そんなふうに決意を固めていると、杢太郎がひょっこり訪ねてきた。

「おかげんはいかがですか。斎藤先生からお見舞いにと、これを持たされました」

差しだされたのは、黒光りした木刀である。

「内に鉄板が仕込んであります。これを一日千回振って、鈍ったからだを元に戻せと笑っておいででした」

「ありがたく頂戴しよう」

苦笑する卯三郎の顔を、李太郎は下から覗きこむ。

「じつは、姉上からもお言付《ことづ》けにございます。本日二十四日は己巳《つちのとみ》、よろしければ抜け弁天にごいっしょいたしませぬかとのこと」

「えっ」

「おわかりになりませぬか。姉上は卯三郎さまを弁天詣でに誘っているのですよ」

李太郎はにやにや笑うが、娘心を解さぬ卯三郎にはそれがどういうことかわかっていない。

「焦《じ》れっとうございますな」

香保里は巳年生まれということもあり、弁財天の御加護にあやかるべく、隔月の己巳にはかならず、大久保《おおくぼ》四丁町《よちょうまち》の抜け弁天へ参じるという。

「いつもつきあわされるのはそれがしですが、こたびは卯三郎さまもお誘いしたいと、姉上は頬を赤らめながら申したのでございます」

「頬を赤らめながら」

「好《す》いておるのですよ、卯三郎さまのことを」

「げっ、まことか」

「お嫌ですか」

「……と、とんでもない」

「ならば、はなしは決まり。姉上はさきに参って酸漿市を素見《ひやか》しているので、八つ刻に抜け弁天までお越しいただきたいそうです」

「おぬしはどうする」

「ご心配なく。それがしは道場で稽古をきちんとやってから、抜け弁天へ向かいます。鳥居のまえでお待ちしておりますゆえ」

李太郎はそれだけ告げると、弾むような足取りで去っていった。

昼餉は幸恵が冷やし素麺《そうめん》をつくってくれたが、頰を赤く染めた香保里のことをおもうと、素麺すらも喉を通り辛かった。

八つ刻より半刻余りも早く、卯三郎は家を出た。

気恥ずかしいので、志乃や幸恵に行き先を告げることはしなかった。

御納戸町から抜け弁天までは、さほど遠い道程ではない。中根《なかね》坂から尾張藩邸の外周に沿って市《いち》ヶ谷《や》谷町《たにまち》へ向かい、大久保四丁町の武家地をひたすら乾《いぬい》の方角へ進めばたどりつく。

したたかに蹴られた脇腹や肋骨の痛みはまだ癒《い》えておらず、鉄板の仕込まれた木刀など振ることもできなかったが、卯三郎の足取りは軽く、約束した刻限よりもずいぶん早く着いてしまった。

炎天のもと、行く手の正面に立つ鳥居が陽炎《かげろう》のように歪《ゆが》んでみえる。

「南の鳥居だな」

左手の鬱蒼《うっそう》とした杜《もり》は、七面大明神《しちめんだいみょうじん》を祀る法善寺《ほうぜんじ》であろう。桜の名所でもある寺領の向こうには、境内に大久保富士の聳《そび》える西向天神《にしむき》も控えている。行楽には事欠かぬ一帯ゆえ、卯三郎も何度か訪れたことがあった。

抜け弁天の開基《かいき》は古く、今から八百年近くまえの平安後期まで遡る。鎮守府将軍《ちんじゅふ》の源八幡太郎義家《みなもとのはちまんたろうよしいえ》が奥州平定《おうしゅうへいてい》に向かう際、富士山のよくみえる風光明媚《ふうこうめいび》な高台で戦勝祈願をおこなった。見事に奥州平定を成し遂げた帰途、お礼の気持ちを込めてこの地に厳島《いつくしま》神社を勧請《かんじょう》したのだという。

そうした由緒から、別当二尊院《べっとうにそんいん》厳島神社というのが正式名称だが、境内の参道が南北に通り抜けできるつくりにくわえ、義家が苦難を切り抜けたという伝承に因《ちな》み、抜け弁天と通称されるようになった。第五代将軍綱吉《つなよし》の御代《みよ》には、大久保の二万三千坪におよぶ広大な土地に四万匹の野良犬を収容する犬小屋が築かれた。抜け弁天も犬小屋の一部に使われていたらしいが、その面影はもうない。

縁日だけあって、参道へ向かう参詣客は後を絶たなかった。

卯三郎は少し迷ったものの、おもいきって南の鳥居を潜った。

参道の向こうには北の鳥居がみえ、さほど広くもない境内では酸漿市が賑やかに催されている。

ざっと眺め渡しても、香保里らしき娘のすがたはなかった。

ほっとすると同時に、不安になってくる。

とりあえず手水《ちょうず》で手を浄め、拝殿の手前に進んで両手を合わせた。

矢背家のみなが健やかでありますように。世の中に災厄がなく、何もかも上手くいきますように。と、いつもの願いを唱えた最後に、香保里どのと結ばれますようにと強く願い、賽銭を多めに投じる。

振りかえると、酸漿を手にしたお煙草盆の女童が立っていた。

自分でも気恥ずかしくなり、そそくさと拝殿から離れていく。

それにしても、香保里はどうしてしまったのか。

——ごおん。

八つ刻を報《しら》せる鐘が、耳に飛びこんできた。

さほど離れていない月桂寺《げっけいじ》の時の鐘だろう。

抜け弁天の参道を、卯三郎は何度も行き来した。

いくら境内を捜しても、香保里は何処にもいない。

鳥居のまえで待っていると言った杢太郎もおらず、参道のまんなかで途方に暮れるしかなかった。

香保里に何かあったのだろうか。

不吉な予感にとらわれたが、向かうべきあてもない。

番町の自邸で無事ならば、杢太郎が報せにくるはずだ。

ついに陽は落ち、参じる人影もまばらになった。

卯三郎は項垂《うなだ》れ、南の鳥居から外へ出る。

——ひゅるる。

不気味な風切音とともに、何かが頬を掠めた。

振りむけば、鳥居の柱に鏑矢《かぶらや》が刺さっている。

「矢文《やぶみ》か」

素早く駆け寄り、鏑矢を折った。

結ばれた文を外し、開いてみる。
薄暗くて読めず、鳥居の内に戻った。
火の灯った石灯籠に近づく。
——亥ノ刻、念仏坂下。
と、殴り書きで記されてある。
香保里は拐《かどわ》かされたのだと悟った。
やったのは、佐土原隼人たちだろう。
父親が縁談を断った腹いせであろうか。
いや、自分のせいかもしれない。堂宇から逃げたせいで、香保里は拐かされたのだ。
「くそっ、くそっ……」
どれだけ悪態を吐《つ》いても、気持ちは鎮まらない。
「……あやつらめ、許してはおかぬ」
卯三郎は文を引きちぎり、秦光代の柄を握りしめた。

九

蔵人介は串部を部屋に招き、調べさせた佐土原家の事情を聞いている。

「当主の采女《うねめ》は二年前の卯月まで、作事《さくじ》奉行をつとめておりました」

御殿の修繕や寛永寺の改築などで手腕を発揮し、つぎは勘定奉行か町奉行に出世するだろうと、周囲から当然のように目されていた。

ところが、卯月十六日の政変によって、佐土原采女の立場は暗転した。

御側御用取次の水野美濃守忠篤との癒着《ゆちゃく》を指弾《しだん》され、作事奉行の任を解かれたのだ。

「表向きは病のせいで役目を辞したことになっておりますが、水野さまのお指図で御役御免にされたというのが、もっぱらの噂にござります」

言われてみれば、蔵人介も耳にしたことはあった。だが、佐土原采女が美濃守と裏で通じ、不正をやったという証拠はない。誰かに濡れ衣《ぬれぎぬ》を着せられたのかもしれぬが、水野忠邦に美濃守の一派とみなされて更迭《こうてつ》された公算は大きかった。

「出世の道を閉ざされ、水野さまを心の底から恨んだ。そうであったとすれば、どのような手を使ってでも、憎き水野を御政道の表舞台から引きずりおろし、あわよくば命を奪おうとしても不思議ではありませぬ」

　水野忠邦さえ亡き者にすれば、ふたたび、重要な役目に返り咲けるかもしれない。采女本人は無理でも、嗣子の隼人が重用されて出世できる余地はある。それゆえ、隼人の善《よ》からぬ行状を改めさせねばならず、身を固めさせる必要に迫られて婚儀を急いだのではあるまいかと、串部は筋を描いてみせた。

「ところが、隼人の悪評は大身旗本のあいだに知れわたっている。采女も同格の大身相手では嫁取りは難しいと判断し、格下の門脇家に目をつけた」

　目をつけられたほうは迷惑なはなしだが、家禄四千石の大身旗本を袖にするわけにもいかない。しかも、少しばかり出世に色気を出してしまった門脇杢之進は、いったんは娘を嫁がせることを決めた。

「まあ、そういう流れでしょうな」

「卯三郎によれば、佐土原隼人は門脇杢之進の決断を促すべく、手懐けておった悪仲間に命じて娘の香保里を襲わせたのだったな」

「そのはなしを伺い、それがしも合点いたしました。ひょっとしたら、われわれがおらなんだら、隼人こそがあの場面で香保里さまを救う肚だったのかもしれませぬ。

だとすれば、とんだ茶番と言うよりほかにない」

卯三郎と串部に邪魔をされ、茶番を演じることもできなかった。あまりに口惜しかったがゆえに、卯三郎を捕まえてこっぴどく痛めつけたのかもしれない。

「殺めるつもりのようだったと、卯三郎さまは仰いました。向こうがその気なら、こちらも容赦はできませぬ」

串部は怒りを抑え、眦《まなじり》を吊りあげる。

蔵人介は、あくまでも冷静さを失わない。

「水野さまの首には一千両の賞金が懸かっていると、卯三郎は言うておったな。あれはまことであろうか」

「と、仰ると」

「垢離場での暴動騒ぎもそうであったが、企てがあまりに大きすぎる。いかに四千石の御大身とは申せ、懸賞金や浪人どもを雇うほどの金は捻出できまい」

「もちろん、後ろ盾がおりましょう」

串部は後ろ盾となる者を特定できていない。ただ、今まさに取り沙汰されている上知令に絡めると、候補になりそうな相手が三人ほどあげられるという。

「ひとりは土井大炊頭さま。さらに御三家の尾張権大納言《ごんのだいなごん》さま。そして紀州《きしゅう》家の付《つ》け家老《がろう》であられる水野土佐守《みずのとさのかみ》さま」

「いずれも、大物ではないか」

「無論、ご当主がご存じかどうかはわかりませぬ。ただ、いずれも、上知令で領地を召しあげられることに不平不満を抱く方々にほかならず、佐土原采女と浅からぬ関わりがござります」

「浅からぬ関わりとは」

まず、土井家に関して言えば、佐土原は出入旗本《でいりはたもと》として、大名小路にある古河藩《こが》土井家の上屋敷へ足繁く通っていた時期があるという。さらに、摂津国《せっつ》にある尾張藩と隣接する佐土原家の知行地《ちぎょうち》は、いずれも上知令の対象になっていた。

そして、串部がもっとも疑わしいとする紀州家について言えば、以前から菱垣廻《ひがき》船問屋に多額の投資をしていたがために、さきに忠邦によって布達《ふたつ》された株仲間解散令のせいで甚大な損失を蒙《こうむ》ったらしかった。「改革」の名のもとに厳しい施策を断行した忠邦への遺恨は深く、そこへもってきて上知令で知行地を削られることにでもなれば、怒りの油に火を注ぐことになりかねない。

硬骨漢《こうこつかん》で知られる水野土佐守はただの付け家老ではなく、紀伊《きい》国新宮《しんぐう》藩三万五千石の領主でもあり、公然と上知令への反対を表明すれば幕閣も軽視はできなくなる。

かつて、佐土原采女は作事奉行であったころ、新宮藩に課された厄介な川普請を時の老中と掛けあって免除してもらったことがあったという。そのときの縁で同藩の重臣と結びついても不思議ではなく、水野忠邦を潰すという共通の目途を達成すべく手を結ばぬともかぎらなかった。

「新宮藩の御用達に、熊野《くまの》屋与右衛門《よえもん》なる材木問屋がおります。こやつがとんだ食わせ者で、江戸市中で火事が勃こるたびに焼け太りしてまいったとか。太鼓腹を突きだした布袋《ほてい》のような男ですが、じつは佐土原采女がその熊野屋と毎夜のように酒宴をかさねております」

「まことか」

「ええ、今宵も柳橋の茶屋で宴を催すそうで。教えてくれたのは、伝右衛門にござります」

「なるほど」

公人朝夕人の伝右衛門が言うのなら、まちがいあるまい。

「伝右衛門は今ごろ、柳橋の茶屋を張りこんでおりましょう。何なら、今からまいりますか」

それも悪くないとおもい、蔵人介は立ちあがる。

そこへ、何者かが慌ただしく訪ねてきた。

「門脇さまがおみえです」

幸恵が部屋にあらわれ、不安げな顔で告げる。

玄関に出てみると、門脇杢之進が憔悴《しょうすい》の面持ちで立っていた。

「いったい、どうなされた」

「申し訳のないことにござります。じつは、杢太郎が矢で射られました」

「えっ」

練兵館で稽古を終えて帰る途中、何者かに遠目から背中に矢を射られたという。

「命は取り留めましたが、かなりの深傷にござります」

「さようでしたか」

「じつは、それだけではありませぬ。娘が……娘の香保里が午過《ひる》ぎに家を出たきり、戻ってまいりませぬ」

侍女から、大久保四丁町の抜け弁天へ詣でにいったと聞いた。それゆえ、門脇も抜け弁天まで捜しにいってはみたが、何の手掛かりも得られなかったという。

「侍女は夜になり、泣きながら申しました。卯三郎どのと会う約束があったので、香保里はひとりで抜け弁天へ向かったのだそうです」

侍女は香保里から秘密にしておいてほしいと言われたので、いよいよになるまで口にできなかったのだ。

「娘御は卯三郎に会うと、侍女に告げたのですな」

「はい。それで、卯三郎どのが何かご存じではないかと」

幸恵が不安げに、廊下の端から近づいてきた。

「午過ぎに家を出たきり、まだ戻っておりませぬ」

「さようか」

蔵人介は考えこむ。

門脇は空咳を放ち、その場にくずれおちた。

串部が素早く身を寄せ、額に手を当てる。

「熱が高うござりますな」

立っているのもやっとの状態で浄瑠璃坂を上り、どうにか御納戸町までたどりついたのだろう。

いつの間にか、志乃もそばに立っている。

「だいじな娘御の身を案じ、病のからだに鞭《むち》打ってまいったのであろう。幸恵どの、褥《しとね》を敷いてあげなされ」

「はい、ただいま」

朦朧《もうろう》としている門脇を抱きおこし、串部がひょいと背に負った。

幸恵とともに褥へ寝かしつけ、すぐに戻ってくる。

「殿、娘御は佐土原の息子たちに拐かされたものとおもわれます。それがし、右目を潰した能勢新八郎の行き先ならば見当がつきまする」

「よし、そやつのもとへまいろう」

蔵人介が声を掛けるまでもなく、幸恵が両袖で大小を携えてきた。

「何としてでも、香保里どのをお助けください。そして、卯三郎のこともよしなにお願いいたしまする」

「ふむ。わかった」

蔵人介が大小を腰帯に差すと、志乃がかちかちと鑽火《きりび》を切った。

「頼むぞ、ふたりとも」

「お任せを」

串部はどんと胸を叩いてみせる。

蔵人介は一礼し、玄関から飛びだした。

十

卯三郎は安養寺《あんようじ》の門前からまっすぐ南へ進み、御先手組《おさきてぐみ》の組屋敷へと通じるどんつきの手前で左手に折れた。

急な石段がつづく狭い坂道は、地の者に念仏坂と呼ばれている。

左右ともに深い谷底になっているので、通行人は念仏を唱えて往来しなければならない。ゆえに、念仏坂なのだという。

坂下の暗闇には尾張家の広大な敷地が広がり、外周をたどっていけば市ヶ谷御門へ行きつく。矢背家のある御納戸町にも近いところだが、こちらには用事もないので、念仏坂を通ったことは数えるほどしかなかった。

――ごおん。

亥ノ刻を告げる鐘の音はやけに大きく、背後から覆いかぶさってくるかのようだ。無理もない。時の鐘のある月桂寺は、振りむけば手が届くほどのところにある。

卯三郎は吹きだす汗を拭いもせず、急坂の中腹までたどりついた。

もちろん、夜中に行き交う人影はない。

「待て」

誰かに呼びとめられた。

首を捻れば、さきほど通った坂上に、人がひとり佇んでいる。

刃物のような月を背にしているので、ひょろ長い輪郭だけが浮かんでみえた。

「のこのこ来おったな。ふふ、わしが誰かわかるか」

「佐土原隼人か」

「そうだ。へへ、おぬしの恋敵《こいがたき》よ」

「香保里どのを拐かしたのか」

「拐かしたなどと、聞こえが悪い。門脇香保里は、わしの嫁になる娘だ。主人のわしがどうしようと、勝手であろうが」

「くそっ、香保里どのを何処へやった」

「ここにはおらぬ、残念だったな」

「許さぬ」

卯三郎は身をかたむけ、坂道を駆けのぼろうとする。

「待て。はなしを聞かぬか」

足を止めると、隼人は嬉しそうに喋りだした。

「香保里の父親は格下の分際で、生意気にも縁談を断りに来おった。このわしがよ、下のやつから虚仮《こけ》にされて、素直にうなずくはずもなかろう。親父どのもたいそうお怒りでな、その場で斬り捨ててもよかったが、さすがに知らぬ相手でもないので自重《じちょう》したと言うておられたわ。佐土原家の威信も掛かっておるゆえな、こうなれば力ずくでも香保里を嫁にせねばなるまい。たとい、段取りを飛ばして手込めにしても、親父どのは不問に付されるにきまっておる」

「おのれ」

腹の底から噴きあがった怒りが、口から炎のごとく発せられた。

だが、切り札を握っているのは、坂の上に立つ隼人のほうだ。

「親父どのは、がっかりしておられたぞ。鬼役のせいで、水野越前を殺《や》り損なったとな。いずれ、矢背蔵人介には引導を渡さねばならぬと仰せになったわ。ふふ、そのまえに、おぬしをまず、血祭りにあげてやろうとおもうてな」

「抜かせ、悪党」

「ぬひゃひゃ、熱いのう。香保里はどうやら、おぬしを好いておるらしい。おぬしが死ねば、どんな顔をするであろうかのう。わしは人の悲しむ顔が何よりの好物でな。あの娘が泣きながら許しを請う顔を、早うみとうてたまらぬのよ」

「そうはさせぬ」

だっと、卯三郎は駆けだした。

見上げたさきの隼人は、何故か悠然《ゆうぜん》と構えている。

刀を抜こうともせぬので不審におもいつつも、卯三郎は秦光代の柄を握った。

あと数歩、斬り間は近い。

「ぬおっ」

怒りにまかせ、秦光代を抜きかける。

と同時に、矢音が聞こえた。

鏑矢ではない。

背後の闇から、気配もなく放たれた必殺の矢。

「うっ」

錐《きり》で刺されたような痛みが背中に走った。

当たった衝撃で海老反りになり、道端へ外れていく。

ずるっと、縁から足を滑らせた。

「ぬわっ」

奈落《ならく》の底へ落ちるのか。

からだが宙に浮いた瞬間、片方の袖が木の枝に引っかかった。

薄れゆく意識のなかで、隼人と誰かが喋っている。

「死んだか」

「暗すぎてみえませぬ。されど、おそらく、ここから落ちればひとたまりも」

「そうだな。よし、わしは阿弥陀堂へ戻ろう」

「娘はどうなさる」

「案ずるな、生かしておくつもりはない。秘密を知った者は、ことごとく消す。それでよいのであろう」

「いかにも。そうしていただかねば、御前が納得なされませぬ」

「ふん、また御前か」

舌打ちしたのは、隼人のほうであろう。

「おぬしは今から、御前のもとへ戻るのか」

「今宵はおそらく、御父上とごいっしょかと」

「柳橋の茶屋だな。材木屋もいっしょか」

「はっ」

「行くがよい。今一度機会が得られるようなら、こんどこそは失敗《しくじ》るなよ。その矢で獲物を仕留めてみせよ」

ふたりの気配は消えた。

矢を放ったのは、いったい誰なのか。

それよりも、香保里のことが案じられる。

行き先はわかった。自分が逃れてきた阿弥陀堂にちがいない。

あの堂宇へ、佐土原隼人は戻るつもりなのだ。

「……そ、そうはさせぬ」

卯三郎は目を開け、もぞもぞ動きだした。

枝に絡まった袖を断ち、渾身《こんしん》の力を込めて崖をよじ登る。

道の縁に手が届き、どうにか、からだを持ちあげることができた。

矢は左肩に近いあたりに刺さっており、右手を伸ばしても届かない。

仕方なく、矢を立てたまま、胸と肩を下げ緒《さお》できつく縛りつけた。

荒い息を吐きながら、念仏坂を上りきる。

御先手組の大縄地《おおなわち》を通りぬけ、自證院の裏手へ向かった。

梅林の奥まで苦労して進むと、看板に「石動塾」と書かれた建物をみつけた。

ここからさきは、勘だけが頼りだ。

正直、何処をどう進んだのかもわからなかった。
心許《こころもと》ない月の光だけを頼りに、朧気《おぼろげ》な記憶をたどっていた。
田安《たやす》家の塀沿いに進み、大木戸《おおきど》跡の水番屋までやってくる。
「……こ、このそばだ」
玉川《たまがわ》用水に沿って南へ向かうと、水車が軋《きし》みをあげていた。
ぎっ、ぎっという軋みを、たしかに聞いたはずだった。
水車小屋を通りすぎれば、千駄ヶ谷町《せんだがやちょう》の田圃に出る。
蛙の鳴き声を耳にしつつ、痛むからだを引きずった。
「あれだ」
畦道のさきに、欅の大木が聳えている。
卯三郎は痛みも忘れ、馬頭観音の手前にたどりついた。
あとは藪を抜ければ、朽ちた阿弥陀堂が建っているはずだ。
「……か、香保里どの」
愛しい相手の名を呼んだ。
が、その声は小さすぎて、深い闇に吸いこまれる。
がくっと、両膝をついた。

ここまでが、限界だった。

卯三郎は俯せになり、冷たい土に顔をつける。

馬頭観音に右手を伸ばし、力尽きてしまった。

十一

月が群雲に覆われると、あたりは漆黒の闇に閉ざされる。

蔵人介と串部は能勢新八郎の背中を追いかけ、玉川用水からつづく田圃の畦道をたどっていた。

「殿、あそこに大きな欅がござりますな」

「ふむ」

能勢は挑燈を片手に提げ、急ぎ足で欅の脇を通りぬけていった。

ふたりも一定の間隔を開けて近づき、欅のそばまでやってくる。

群雲がすうっと晴れ、鋭利な月が顔をみせた。

「あっ」

串部が足を止める。

馬頭観音の手前に、人が俯せに倒れていた。

「殿、卯三郎さまですぞ」

「何っ」

背中の肩寄りに、矢を一本立てている。

「くそっ」

串部は屈みこみ、卯三郎の首筋に指をあてた。

「脈はござります」

矢を抜いても、血はそれほど出てこない。

「急所は外れております。存外に傷は浅うござる」

串部が傷口を水で洗い、常備の膏薬《こうやく》を取りだして塗りつける。

肩を抱えて抱き起こすと、卯三郎は「ううん」と唸りながら目を開けた。

情況がわかっておらず、ことばも出てこない。

「卯三郎、しっかりしろ」

蔵人介の声に、ようやく我に返った。

「……ち、養父上《ちちうえ》」

「よう生きておったな」

「……か、香保里どのが……あ、危うい」

「よし、わかった。おぬしは休んでおれ」

「……そ、そういうわけには」

立ちあがろうとして、卯三郎は後ろに転がった。

泣きたい顔をしても、連れていくわけにはいかない。

足手まといになるものと納得し、卯三郎はうなずいた。

蔵人介もうなずき返す。

「香保里どのは、かならず助ける。待っておれ」

「……は、はい」

後ろ髪を引かれるおもいで、蔵人介は藪のなかへ分け入った。

しばらく進むと、藪が途切れたさきに、篝火が赤々と燃えている。

炎に浮かびあがっているのは、朽ちた阿弥陀堂のようだった。

「あそこですな。ちと、様子を窺ってまいります」

串部は闇に溶け、音も無く堂宇に近づいていく。

都合よく、月は群雲に隠れていた。

蛙の鳴き声が聞こえている。

闇が揺らめき、串部が戻ってきた。

「篝火のそばに、見張りがふたりおります。おそらく、魚河岸の露地裏で香保里どのを襲った連中ですな」

堂のなかに、香保里が繋がれているのはまちがいない。

そばにいるのはおそらく、佐土原隼人と能勢新八郎であろう。

「それがしが、まずは外のふたりを。そのあとは一か八か、お堂に飛びこむしかありませぬぞ」

「よし」

段取りを決めたところへ、背後から荒い息づかいが聞こえてきた。

卯三郎がやはり我慢できなくなり、無理を押して、あとを追ってきたのだ。

「待っておれと言うたであろうが」

「……ど、どうしてもこの手で、香保里どのを助けたい。佐土原隼人に、引導を渡したいのです」

必死の願いが伝わらぬはずはない。

だが、蔵人介は首を縦に振らなかった。

「失敗《しくじ》ったら、香保里どのの命はないぞ。おぬしは、ここにおれ」

諭すように説き、すっと離れていく。

あとにつづいた串部が囁きかけてきた。

「あれでよかったのですか」

蔵人介は返事をせず、堂宇のまえで足を止めた。

一陣の風が吹きぬけ、篝火の炎が激しく揺れる。

串部が追いこし、ふたたび、闇に溶けていった。

——ざざっ。

何かが倒れた物音が聞こえてくる。

串部は涼しい顔で戻り、にたりと笑った。

「殺《や》ったのか」

「いいえ、ちょいと眠らせました」

残りのふたりは、手心をくわえられない。

串部はさきに立ち、忍び足で階《きざはし》を上った。

観音扉の脇に立ち、下の蔵人介にうなずく。

耳を澄ませば、扉越しに、隼人らしき者の声が聞こえてきた。

「能勢よ、香保里の縄を解け」

「はっ」

「猿轡は外すな。舌を噛み切るやもしれぬ」

「承知しております」

「さて、どうしてくれようかのう」

「この娘、がたがたと震えておりますぞ」

「くふふ、誰も助けには来ぬ。わしはのう、おぬしが泣きながら憐れみを請う顔をみとうてたまらぬのよ。のう、早うみせてくれ」

串部の手で、ふわりと観音扉が開かれた。

と同時に、蔵人介は階を三段抜かしに駆けあがる。

一片の迷いもみせず、堂の内へ躍りこんだ。

百目蠟燭《ひやくめろうそく》の炎が揺らめき、悪党ふたりは呆気《あつけ》にとられる。

香保里にしてみれば、黒い旋風が吹きよせたやに感じられたであろう。

つぎの瞬間、温かい掌《て》で優しく肩を包まれていた。

佐土原隼人が中腰に構え、ずらりと刀を抜きはなつ。

「何やつ」

やにわに、斬りつけてきた。

香保里はおもわず、目を瞑《つむ》る。

――きゅいん。

金音に目を開けると、隼人が尻餅をついている。

抜き際の熾烈《しれつ》な一撃で、からだごと弾かれたのだ。

剣術の心得が多少でもある者なら、一合交えただけで相手の力量はわかる。

「……お、おぬしは……だ、誰だ」

隼人は声を震わせた。

香保里を庇う男が、静かに名乗ってみせる。

「わしの名は、矢背蔵人介」

「げっ、鬼役」

「さよう、ここがおぬしの墓場、覚悟いたせ」

蔵人介は片膝立ちになり、ぶんと刀をひと振りする。

「ひいっ」

隼人は後退り、這々《ほうほう》の体《てい》で堂から逃げた。

能勢もあとにつづき、開いた扉から外へ飛びだす。

飛びだした途端、頭からつんのめるように落ちていった。

「どうした、能勢」

問うても、返事はない。

振りむいた隼人は刮目《かつもく》した。

階のうえに、二本の臑が仲良く並んでいる。

そして、臑刈りの鬼が一匹、影のように立っていた。

「ひぇっ」

隼人は踵を返し、脱兎のごとく駆けだそうとする。

だが、ゆらりと何者かが立ちはだかった。

卯三郎である。

「……お、おぬし、生きておったのか」

「地獄の淵から舞いもどった」

「くそっ、死ね」

隼人は白刃を右八相に構え、振りかぶるように斬りかかってくる。

卯三郎は片手で握った光代の切っ先をさげたまま、微動もしない。

遠山《とおやま》の目付きで見据えれば、隼人の動きはあまりに緩慢《かんまん》で、間合いも遠く感じられた。

神と鬼の面は一体異名《いったいいみょう》、何故か、蔵人介に教わった世阿弥《ぜあみ》のことばをおもいだす。
——忍辱慈悲《にんにくじひ》。
「ぬりゃ……っ」
隼人が眼前に迫った。
誘いどおりに、面への袈裟懸けを狙ってくる。
卯三郎は素早く刀を振りあげ、頭上で左右に旋回させた。
片手持ちにもかかわらず、風を呼ぶほどの勢いで旋回させ、上段から相手の面に
打ちおろす。
斎藤弥九郎から直々に伝授してもらった「竜尾返し」にほかならない。
隼人はとみれば、馬頭観音のように固まっている。
——ずびっ。
額が斜めに割れ、鮮血が凄まじい勢いでほとばしった。
仰け反った隼人の目に映ったのは、群雲の狭間を泳ぐ月であろうか。
「お見事」
串部が凜然《りんぜん》と叫ぶ。

階のうえに立つ蔵人介の隣には、香保里がしっかり立っている。

「卯三郎さま」

名を呼ばれた卯三郎は、がくっと地べたに片膝をついた。

蔵人介は串部にふたりを託し、もうひとつの修羅場へ向かわねばならない。

鬼役が引導を渡す相手は巨悪でなければならず、善意の欠片も持ちあわせぬ身勝手で偉そうな連中にほかならなかった。

「待っておれよ」

地獄の鬼はつぶやき、不敵な笑みを浮かべる。

もはや、悪党どもに逃れる術は残されていない。

十二

蔵人介は二里近くの道程を駆けぬけ、柳橋の茶屋町までやってきた。

時刻は真夜中。もちろん、花火はあがっていない。

それでも、大川の水面を覗けば、茶屋の軒提灯が光の帯となって映っていた。

串部に告げられた茶屋はすぐにみつかったが、そちらへは向かわず、土手下の桟橋へ降りていく。

誰かが手を振ったからだ。

近づいてみると、伝右衛門が笑みを浮かべていた。

「そちらの始末はついたようですね」

「ふむ。こっちの獲物はまだおるのか」

「芸者衆まで呼んで、屋形船で酒宴を」

「優雅なものだな」

「主催は熊野屋与右衛門。太鼓腹を突きだした強欲商人でござります」

「客は佐土原采女か」

「ええ。それと主賓《しゅひん》がもうひとり」

「誰だ」

「紀州新宮藩重臣、片岡外記《かたおかげき》と申す者にござります」

「なるほど、佐土原の後ろ盾は新宮藩か」

「はたして、藩ぐるみかどうか」

片岡には材木の横流しで私腹を肥やした黒い噂があるという。

「熊野屋は片岡の口利きで御用達になった商人ゆえ、不正にも関与していたにちがいありませぬ」

じつは、そのあたりの事情を、水野忠邦は大目付の遠山景元に命じて調べさせているらしい。

「もしや、それが水野さまのお命を狙う理由か」

「悪事が明らかになれば、一巻の終わりですからね。どうせなら、水野さまをこの世から消してしまおうと画策しても不思議ではない」

「ふうむ」

蔵人介は険しい顔で川面を睨みつけた。

「急《せ》くことはありませぬ。ここで待っておれば、もうすぐ戻ってまいりましょう」

「卯三郎が矢を射られたのだ」

「えっ」

「命に別状はない。ただ、水垢離のときも、水野さまに矢を射掛けた者がおったゆえ、ちと気になってな」

「そやつは木俣佐平《きまたさへい》にござりましょう」

「木俣佐平とは」

片岡家の用人頭《ようにんがしら》で、石動幻斎や雇われ浪人どもを操っていた張本人だと、伝右衛門は睨んでいる。

「木俣は上様にも召しだされたことのある弓の遣い手だとか」

「そやつが、この近くに潜んでおるやもしれぬ」

「承知しております」

「あいかわらず、抜かりがないな」

木俣もふくめて、引導を渡す相手は四人。そのうちのひとり、佐土原采女は甲源一刀流の師範でもある。

「おひとりでは手に余りましょう」

「助《す》けてくれるのか」

「お望みならば」

調べと殺しは役割が別、それが伝右衛門の堅持する信条のはずだ。

「お嫌なら、今すぐに消えますが」

「ふん、好きにするがよい」

前触れもなく、伝右衛門は消えた。

怒らせてしまったのだろうか。

少し心細くなったところへ、船灯りが近づいてくる。

「戻ってきたか」
爪弾く三味線の音色と芸者の唄も聞こえてきた。
存分に船遊びを楽しんだ連中は、茶屋へ戻ろうとするにちがいない。
膝詰めで密談をつづけるつもりかもしれぬし、気に入った芸者と朝までしっぽり
濡れたいとおもうかもしれぬ。
だが、桟橋からさきへ一歩も進めぬことなど、考えてもいまい。
九間一丸《くまいちまる》とも見紛うばかりの豪華な屋形船が、桟橋へ横付けにされた。
船頭に手を差しのべられ、芸者衆や幇間《ほうかん》がさきに降りてくる。
さらに、小太りの片岡外記、四角い顔の佐土原采女とつづき、最後に布袋《ほてい》のよう
な熊野屋が降りてきた。
蔵人介は芸者衆をやり過ごし、ゆっくり獲物に近づいていく。
まっさきに気づいたのは、片岡であった。
「何者じゃ、おぬしは」
蔵人介は応じず、黙然《もくねん》と間合いを詰める。
佐土原が刀の柄に手を掛け、熊野屋は佐土原の後ろに隠れた。
「名乗れ、下郎《げろう》」

片岡にふたたび質され、蔵人介は足を止める。

「それがしは矢背蔵人介、佐土原采女どのに用がある」

佐土原が顔色を変え、ずいっと前へ押しだしてきた。

「おぬし、鬼役か」

「いかにも」

「わしに何用じゃ」

「ご子息から六文銭を預かったゆえ、お受け取りいただきたい」

「戯《ざ》れ言《ごと》を抜かすな……お、おぬし、まさか、隼人を斬ったのか」

「罪もない娘を手籠《ご》めにしようとした。あやつを鬼畜に育てたは、煩悩《ぼんのう》の犬になりさがった父親の罪にほかならぬ」

「何じゃと。言わせておけば」

佐土原は刀を抜き、青眼に構えた。

「わしは甲源一刀流の師範じゃ。鬼役ごときに斬れやせぬぞ。さあ、抜け」

「ふっ、犬に指図される謂《い》われはない。どこからなりとかかってくるがよかろう」

「されば、死ね」

摺《す》り足で滑るように迫り、佐土原は得意の胴斬りを繰りだす。

――ひゅん。

一瞬早く、蔵人介の鳴狐が鳴いた。

抜き際の一撃はあまりに捷《はや》く、太刀筋を見極めることもできない。

すでに、鳴狐の本身は鞘の内に納まっている。

「ふへええ」

叫んだのは、熊野屋であった。

何と、佐土原采女の首がない。

仁王立ちの首無し胴から、夜空に向かって血が噴きあげている。

一方、飛ばされた首は弧を描き、暗い川面に落ちていった。

――ぽちゃっ。

小さな水飛沫があがる。

「こやつめ」

片岡外記が刀を抜いた。

「木俣、木俣はおらぬか」

声を嗄《か》らして叫んでも、必殺必中の矢は飛んでこない。

代わりに土手を降りてきたのは、公人朝夕人の伝右衛門であった。

携えた楊弓《ようきゅう》の両端を握り、膝のうえでまっぷたつに折ってみせる。

蔵人介が笑いかけた。

「あのとおり、頼りになる手下は来ぬぞ」

「ぬう、おのれ」

片岡は大上段に構え、猛然と斬りつけてきた。

蔵人介は楽に躱し、胴を抜いて、そのさきへ進む。

命乞いもできぬ悪徳商人の首を、下から掬うように刎ねた。

――ちん。

鍔鳴《つばな》りとともに刀を納めると、大きく揺れる桟橋のうえに三つの屍骸が転がった。

芸者衆や幇間は土手のそばにおらず、みな、茶屋の二階に引っこんでいる。

好奇心に負けて覗く者があっても、蔵人介の顔を見定めることはできまい。

月は群雲に隠れたまま、顔を出す気配もなかった。

桟橋周辺は暗澹《あんたん》とした闇に包まれ、しんと静まりかえっている。

「終わりましたな」

伝右衛門が声を掛けてきた。

「これで当面は、水野さまも枕を高くしてお眠りになられるかと」

「当面か」

「さよう、当面にござる」

数々の不人気な施策のせいで、水野忠邦は命すらも危うくなっている。

絶大な権力を握った為政者《いせいしゃ》の末路が、透けてみえてくるような気もした。

情としては救いたくもないが、こたびばかりは成りゆきで救ってやった。

もちろん、水野本人は知らぬであろうし、知る必要もなかろう。

蔵人介は口をぎゅっと結び、土手道をのんびり歩きはじめる。

蒸し暑さは身にこたえるが、夜風が多少は涼しく感じられた。

夏越《なごし》の祓《はら》いが済めば、秋の気配も徐々に近づいてこよう。

若い男女が結ばれるのは人恋しい秋の夜長だと、知らぬ誰かが言っていた。

卯三郎ははたして、おのれの恋情を伝えられるのだろうか。

ことばで伝える必要もなかろうが、やはり、相手にすればきちんとことばで伝えてほしいにきまっている。

蔵人介は今さらながら、幸恵には申し訳なくおもっていた。

気恥ずかしいとは申せ、甘いことばのひとつも掛けてやった記憶がないからだ。

自戒も込めて卯三郎の行く末を案じつつ、蔵人介は誰もいない川端の道を遠ざかっていった。

十三

水無月晦日《みそか》は夏越の祓い、矢背家では夏の穢《けが》れを落とすべく、朝から一家総出で茅《ち》の輪潜《わくぐ》りに向かう。例年は赤坂《あかさか》の氷川《ひかわ》明神へ参じるのだが、一行がめざすさきは大久保四丁町であった。

「抜け弁天で茅の輪を潜るのは、初めてのことじゃな」

志乃は何やら楽しそうで、足取りもいつも以上に軽やかだ。

卯三郎は病みあがりだが、背中の傷も癒えつつあるので連れてきた。無理をせぬようにと蔵人介が諭すと、怒ったような顔で「それがしは、誰よりもさきに穢れを落とさねばならぬのです」と、口を尖らせたのだ。

抜け弁天に参りたい卯三郎の心情は、誰もが承知している。今日の主役に留守番をさせておくわけにはいくまいとわかっているのだが、お喋りな串部でさえも口に出せば野暮《やぼ》になるので黙っていた。

「えひゃら、ひゃこい、ひゃら、ひゃこい」

露地裏から聞こえてくるのは、甘露に白玉を浮かべた冷水《ひやみず》売りの売り声であろう。月が替われば聞けぬようになるとおもえば、どことなく物悲しい気分になり、じりじりと焼けつくような炎天下の日差しさえ懐かしいものに感じられる。

夏の火と秋の金は相克《そうこく》し、季節の変わり目には人々に災厄をもたらす天変地異も勃《お》こりやすい。「夏越」は荒ぶる神を和《なご》める「和し」にも通じ、上代《じょうだい》からつづく祓いの儀式としては、人形に穢れを託して川に流すものと、茅萱《ちがや》を紙に包んで束ねたものを大きな輪にして潜るものとがあった。

茅の輪はたいてい、鳥居の下や拝殿の手前、神橋《しんきょう》があれば橋詰めなどに設《しつら》えられる。

抜け弁天の茅の輪がどこに配されているのか、矢背家の面々は誰ひとり知らない。

知らない場所へ参る気になったのは、番町の門脇家から誘いの文を携えた使いがわざわざ寄こされたからだ。

文は娘の香保里がしたためたものだった。

宛名はもちろん、卯三郎である。

父も弟も順調に快復しつつあるので、家同士で夏越の祓いにまいりませぬかという誘いであった。

飛びあがらんばかりに嬉しかったが、家同士で神社へ詣でにいくということは特別な意味を持つ。卯三郎は香保里や父母の気持ちをさまざまに勘ぐり、喉の渇きを抑えきれなくなった。

志乃が笑いながら背中を押してくれたのだ。

「せっかくのお誘いを、無下《むげ》に断るわけにはまいらぬ。物事はなるようにしかならぬ。泰然《たいぜん》と構えておればよいのじゃ。前のめりになり、がつがつしておったら、途端に嫌われるぞ。熱しやすく冷めやすい、それが乙女心ゆえな」

いつもひとこと多いので、卯三郎はいっそう心を掻き乱される。

それでも、香保里にはきちんと気持ちを伝えようと決めていた。

志乃が後ろを向き、さりげなく声を掛けている。

「幸恵さん、手土産の久助《きゅうすけ》はお持ちか」

「ご心配なく、ちゃんとお持ちしましたよ」

幸恵のみせた折箱の中身は、日本橋の老舗で求めた「久助」こと吉野葛《よしのくず》であった。

葛葉は胃熱を冷まし、喉の渇きを止める。

卯三郎に呑ませてやりたいと、誰もがおもった。

一行の向かう正面に、抜け弁天の鳥居がみえてくる。

「南の鳥居にござりますぞ」

串部が小鼻をぷっと膨らました。

「あっ、鳥居のまえに立っておられるのは、門脇さまのご一家では」

まちがいあるまい。

門脇杢之進のかたわらには、母親らしき女性《にょしょう》も立っており、香保里と杢太郎のすがたもある。

蔵人介は早足になった。

格上の相手を待たせ、のんびりと近づいていくわけにもいかない。

ほかの連中もあとにつづいたが、志乃だけは堂々と遅れてやってきた。

蔵人介は息を弾ませ、門脇に深々と頭を垂れる。

「お待たせして、申し訳ござりませぬ」

「何の、お呼びしたのはこちらでござる。のう、香保里」

香保里は父から水を向けられ、ぽっと頰を赤く染めた。

隣で杢太郎が前歯を剝き、剽軽《ひょうきん》に戯《おど》けてみせる。

卯三郎はがちがちに固まり、挨拶すらできない。

――ぎゅっ、ぎゅっ。

妙な音に振りむけば、志乃が酸漿《ほおずき》の実を口にふくんで鳴らしていた。

「幼いころ、よくこうして遊んだものじゃ。のう、香保里どのも酸漿で遊ばれたのであろう」

「はい」

そうしたやりとりのおかげで、すっかり場は和み、みなで仲良く鳥居を潜った。

茅の輪は北へ抜ける参道の途中に設えてある。

香保里がさりげなく、卯三郎の隣へやってきた。

「輪に入るときは左足、出るときは右足。それを三度繰りかえすのです」

「かしこまりました」

「では、どうぞ」

志乃が最初に潜り、それから両家の当主につづいて、卯三郎も茅の輪を潜る。

香保里も潜り、三度目は卯三郎と香保里が手を繋いで茅の輪を潜りぬけた。

「荒ぶる神さんも恥ずかしゅうて、岩屋の陰へお隠れになったであろうよ」

志乃の台詞が朗らかな笑いを誘い、両家の仲は近しいものになっていく。

災厄を抜けたさきには、香保里という正真正銘の弁天様が待っていた。

卯三郎は心の底から、そうおもったにちがいない。

ませぬか」

「厄を落としたら、みなで尾張町《おわりちょう》の大和田源八《おおわだげんぱち》へ、鰻《うなぎ》の蒲焼きでも食べにまいり

門脇杢之進の口から、おもいがけぬ提案がなされた。

尾張町までは歩けば遠いが、反対する者はおるまい。

「うひょひょ、大和田源八の鰻は絶品と聞いておりますぞ」

串部は声を弾ませ、志乃と幸恵は嬉しさを堪《こら》えきれずに笑っている。

卯三郎と香保里は恥ずかしそうに俯き、杢太郎にからかわれていた。

見上げた空には鱗雲《うろこぐも》が広がり、つがいの燕《つばめ》が競うように飛んでいく。

こののち、若いふたりがどうなっていくのかはわからない。両家の行く末も判じかねるものの、とりあえず今日のところは、万事めでたしということでよかろう。

――万事めでたし。

蔵人介は眸子を細め、胸の裡につぶやいた。

光文社文庫

文庫書下ろし／長編時代小説

暗《あん》 殺《さつ》 鬼役《おにやく》 三十

著 者 坂《さか》 岡《おか》 真《しん》

2020年 8 月20日 初版 1 刷発行

発行者 鈴 木 広 和
印 刷 新 藤 慶 昌 堂
製 本 ナ シ ョ ナ ル 製 本

発行所 株式会社 光 文 社
〒112-8011 東京都文京区音羽1-16-6
電話 (03)5395-8149 編 集 部
8116 書籍販売部
8125 業 務 部

ISBN978-4-334-79077-6 Printed in Japan

組版 萩原印刷

鬼役メモ

画・坂岡 真

※ページ内側にあるキリトリ線で切って、備忘録にお使い下さい。

キリトリ線

キリトリ線

鬼役メモ

画・坂岡 真

※ページ内側にあるキリトリ線で切って、備忘録にお使い下さい。

鬼役メモ

画・坂岡 真

キリトリ線

※ページ内側にあるキリトリ線で切って、備忘録にお使い下さい。

キリトリ線

鬼役メモ

画・坂岡 真

※ページ内側にあるキリトリ線で切って、備忘録にお使い下さい。

鬼役メモ

画・坂岡 真

キリトリ線

※ページ内側にあるキリトリ線で切って、備忘録にお使い下さい。

キリトリ線

鬼役メモ

画・坂岡 真

※ページ内側にあるキリトリ線で切って、備忘録にお使い下さい。